舞姬

[日]川端康成◎著
杨驰◎译

东亚经典文学译丛

吉林出版集团股份有限公司
全国百佳图书出版单位

图书在版编目（CIP）数据

舞姬 /（日）川端康成著 ; 杨驰译. -- 长春 : 吉林出版集团股份有限公司, 2025. 5. --（东亚经典文学译丛）. -- ISBN 978-7-5731-6689-0

Ⅰ. I313.45

中国国家版本馆 CIP 数据核字第 202572FT61 号

DONGYA JINGDIAN WENXUE YI CONG · WU JI

东亚经典文学译丛 · 舞姬

著　　者：［日］川端康成
译　　者：杨　驰
出版策划：崔文辉
责任编辑：杨　蕊
特约编辑：杜小北
封面设计：刘　僮
排　　版：四季中天
出　　版：吉林出版集团股份有限公司
（长春市福祉大路 5788 号，邮政编码：130118）
发　　行：吉林出版集团译文图书经营有限公司
（http://shop34896900.taobao.com）
电　　话：总编办 0431-81629909
营销部 0431-81629880/81629881
印　　刷：三河市金泰源印务有限公司
开　　本：787mm × 1092mm　1/16
印　　张：17.5
字　　数：175 千字
版　　次：2025 年 5 月第 1 版
印　　次：2025 年 5 月第 1 次印刷
书　　号：ISBN 978-7-5731-6689-0
定　　价：58.00 元

目　录

皇居的护城河

东京的日暮大约是四点半，时值十一月中旬……

伴随着一声刺耳的声响，出租车缓缓停下，尾部冒出阵阵白烟。

出租车的尾部堆着一袋用稻草包裹的木炭、一袋柴薪，还挂着一个已经变形的旧铁桶①。

后方的车子按起了喇叭，波子闻声回头望去，说道：

“可怕，真是好可怕啊！”

她缩了缩肩膀，靠向竹原，接着双手微微抬至胸前，仿佛想要遮掩住自己的脸庞。

竹原惊讶地发现波子的指尖竟在轻轻地颤抖。

“怎么了？什么好可怕？”

“怕被发现……总觉得会被人看到。”

“噢……”

①日本二战后由于资源不足，出租车没有汽油配给，常携带木炭、木柴作为燃料。

竹原心想着原来如此，看了看波子。

车子现在停在十字路口的正中央，位置是从日比谷公园[1]后面驶向皇居前广场的交叉路口。这条路平时就车水马龙，而且此刻正值下班的晚高峰，不一会儿，他们车子的后面就又堵停了两三台车，还有车辆在左右两侧来来往往、川流不息。

被堵在后面的车子一倒车，其车灯的光亮便照进了二人所在的车内。波子胸前的宝石被照得熠熠闪光。

波子身穿一袭黑色西装套裙，左胸前佩戴着一枚胸针，胸针造型为细长的葡萄串，藤蔓是白金材质，叶片是暗绿色的玉石，点缀以几粒钻石作为葡萄果实。

她还佩戴了项链，以及与之相称的珍珠耳环。只不过因为发丝的遮掩，耳朵上的珍珠若隐若现。脖子上的珍珠项链也是，被衬衣的白色蕾丝饰边一衬，亦显得不甚起眼。蕾丝饰边貌似是白色，又或许是淡淡的珍珠色。

那层蕾丝饰边延展到胸口下方，质地柔软轻雅，反而平添了一份成熟高贵的气质。

同样镶着蕾丝花边的领口并没有高高竖起，仅伸展到耳朵下方。饰边在领前簇出一圈柔和的褶皱，褶纹愈向前愈发团成圆形，衬得细细的脖颈下方，似有轻柔的波浪微微荡漾。

就在这朦胧的光影中，波子胸前宝石的熠熠光芒也似乎在向竹原诉说着什么。

---

①位于东京日本天皇皇居的南面，紧挨皇居。

“‘怕被人看到’，在这种地方，能被谁看到？”

“要是被矢木……还有，高男……高男一向亲近他父亲，平时可一直盯着我呢。”

“你丈夫现在不是在京都吗？”

“不好说，谁知道他什么时候会回来。”

波子摇了摇头，继续说道，“都怨你让我坐这种车，你从以前就这样，净干这种事。”

恰在这时，车子发出一阵刺耳的噪音，又慢慢发动了。

“啊，车子动了……”

波子小声嘀咕道。

车子在十字路口正中央冒出阵阵白烟，交警都看见了，但并没有过来追究，可能是因为停车抛锚的时间很短吧。

波子仿佛余悸未消似的，用左手抚着脸颊。

“你还埋怨我让你坐这种车……”

竹原继续说道，“那还不是因为你，一副急匆匆的样子，从公会堂出来时，硬生生从人群中挤出来，跟要逃命似的。”

“是吗？我自己倒没注意，可能吧。”

波子把头垂下，又说道，“今天临出门的时候，我还一时兴起，戴上了两枚戒指呢。”

“戒指？”

“对，我丈夫的财产……如果撞见他的话，他会想，宝石还在，自己外出期间没有被弄丢。矢木他会高兴的……”

波子话音未落，车子又发出刺耳的声音，停了下来。

这回，司机下车了。

竹原盯着波子的戒指，说道：

“原来是想着被矢木看见时有个交代，所以才特意戴上这些珠宝啊。”

“是吧，我也说不清……只是突然想到了。”

“真是让人吃惊啊。”

然而，波子似乎并未听见竹原的话，又说道：

“真是讨厌，这台车……准是哪儿出毛病了，好可怕啊。”

“烟冒得可够厉害的呀。”

竹原也望向后窗，“司机好像揭开了锅炉盖，准备起火呢。”

“真是一辆‘地狱之车[①]’啊。咱们下车走走不行吗？”

“是啊，先出去再说吧。”

竹原艰难地打开车门。

此时他们正停在通向皇居广场的护城河桥上。

竹原走到司机跟前，又回头问波子：

“着急回去吗？”

“不着急，没关系。”

司机拿着一根长长的旧铁棒，插进炉膛儿，吭哧吭哧地不停搅拌，应该是要把火烧得更旺些。

---

①佛教用语，指燃烧着熊熊烈火的车，生前作恶之人下地狱时要忍受烈火的煎熬，直至抵达地狱为止。

波子像是要避开人群的视线，低头望着护城河水。见竹原走近，她说道：

“今晚我家应该只有品子一个人在。那孩子，每次我回去得稍微晚点儿，她就会问，怎么这么晚？妈妈你去哪儿了？有时候眼里还噙着泪。但品子不过是因为担心我才问问而已，不像高男，是为了监视我。”

“是吗？不过，刚才听你提到的宝石，真教我大吃一惊啊。宝石本来不就是你的财产嘛，你家府上的日常生活，直到今天，不都是靠你的力量才得以为继嘛！”

“是啊。虽然我也没什么力量……”

“真是荒唐。”

竹原望着波子有气无力的样子，说道，“我实在搞不明白你丈夫的心思。”

“这就是矢木家的家风吧，从我结婚那天起，一天都没变过，习以为常了。你不是早就知道了吗？”

波子继续说道，“或许，这种传统从我结婚前便存在了。从我婆婆那一代便开始了……公公去世得早，婆婆一个妇道人家独自把矢木供到上学，抚养成人。”

“这不能相提并论吧。再说了，战前不也是靠你那个……所谓的嫁妆，才能过上几天舒坦日子嘛。此一时彼一时，不能相提并论，矢木他自己应该再清楚不过了。”

“他自然清楚。可是，每个人都背负着各自的悲哀啊。矢木是这么说的。悲哀要是太过沉重，其他的事情就顾不上了。明明心里清楚，但是无可奈何，无能为力。我想，我们俩恐怕都是如此吧。”

“愚蠢。我是不清楚矢木他悲哀个什么……”

“矢木说，日本战败后，他心中的美梦也随之破灭了。他说自己是旧日本的亡灵。”

“哼！难道凭这种亡灵的呓语，就对你养家糊口的辛劳视而不见吗？”

“何止是视而不见呀？看着家中物件慢慢减少，矢木可是坐立难安呢。所以他才要监视我，一点儿碎银都要唠叨个没完。我甚至怀疑，等真的家徒四壁的时候，他怕不是要自杀吧？想到这儿，我就害怕极了。”

竹原听着也不禁感到一丝寒意：“所以你今天才戴了两枚戒指出门吗？依我看，矢木未必是亡灵，倒是你，怕不是真的被什么亡灵给缠上了呐。只是，你家公子——高男，虽然他亲近父亲，那他对自己亲生父亲的丑态，是怎么个看法呢？高男也不是个小孩儿了吧。”

“嗯，他似乎也很是苦恼呢。从这一点上讲，他同情我。看到我要一直工作，他就说自己也要辍学去打工。不过，那孩子一直把他父亲当成大学者，从小崇拜到大。如果他真的开始怀疑自己的父亲，会变成什么样？我真的不敢想象。但是，在这种地方说这些也……”

“是啊，改天再找个时间，我洗耳恭听。不过，看到你害怕矢木到这个样子，真教人心疼啊。”

“不好意思，已经没事了。有时候恐惧会突然发作起来，就像癫痫、癔症似的……”

“是吗？”

竹原将信将疑地问道。

“真的，都怪车子停下来了，现在真的没事了。”

波子说着，抬起头，“晚霞好漂亮啊。”

天空的颜色，仿佛染到了波子的珍珠项链上。

几日以来，都是上午响晴薄日，下午则有浮云飘来。

那层浮云极为稀薄，日暮时分，西边的天空被夕雾笼罩，薄云也渐渐隐没于其中。而暮霭和晚霞的微妙色彩，仿佛就是那一抹轻云所带来的。

夕阳夕照，天空像烟幕垂下，把白昼间的温热轻轻地拥入怀中，只是已经开始能感受到秋夜的凉意来袭。茜色的晚霞恰是映照出这种感觉。

茜色的天空中，既有浓烈的朱红，也有淡薄的暗红，其间夹杂着些许淡紫和浅蓝，还有其他难以名状的色彩，混融于暮霭之中，静静垂落，隐隐流转，天幕斑斓万千，似乎又即将消散。

在皇居树林的梢枝之上，依稀留下一抹如丝带般的青空。

那条青空，没有沾染一丝晚霞的色彩，夹在黢黑暗沉的树林与绯红徘徊的晚霞之间，仿佛划出一道分明的界线，细长的青空静谧澄澈，又仿佛透露出一抹悲伤。

“晚霞好漂亮啊。”

竹原也附和道，不过他是鹦鹉学舌，重复波子的话罢了。

他心中惦念波子，只觉得夕阳不都是这般的模样吗。

波子继续凝望着天空，说道：

“从现在开始，一直到冬天，晚霞会更多呢。让人回忆起儿时的晚霞，不是吗？”

“是啊……”

“冬天冷的时候，我却总是愿意跑到外面看晚霞，还经常被说，也不怕冻感冒。啊……我有时候也会想象，之所以自己喜欢像这样盯着晚霞看，莫不是因为受矢木的影响？不过，从小时候起我就是这样了。”

波子回头望向竹原，说道，“但是，还真是有些奇怪呢。刚才在日比谷公会堂前，不是有四五棵银杏树嘛，公园的出口那儿也有四五棵银杏树。虽说都是并排生长，高矮也差不多，但树叶泛黄的程度却各有不同，落叶也是，有的落得多，有的落得少，对吧？我就想啊，即便是树木，也各自有各自的命运吗……”

竹原沉默不语。

“我正呆呆地思索银杏树命运的时候，车子忽然嘎嘎作响停了下来，吓了我一跳，才觉得有些害怕的。”

波子望向那辆车，“看来怕是一时半会儿修不好了。就算等的话，我们杵在这儿也太引人注目了，不如去对面吧。”

竹原走过去跟司机说明情况，正付着车费，回头一看，波子已然穿过马路。她的背影轻快而充满活力。

对面护城河的尽头，是麦克阿瑟[①]的司令部。司令部楼顶上，方才似乎还悬挂着美国国旗和联合国的旗帜，但此刻已不见了踪影。或许现在刚好是降旗的时间吧。

而司令部上方，东边的天空晚霞未显，唯有薄云静静地飘散。

竹原知道波子的情绪容易波动，望着她果敢轻盈的背影，心想，也许正如她自己所说的那样，“恐惧的发作”已经渐渐消退了吧。

竹原也走到马路对面，对波子轻声说道：

“看你刚刚穿过车流时，步伐真是干净利落，果然是有舞蹈的律动啊。”

“是吧。你是在取笑我吗？”

波子回应道，接着又略带犹豫地说，“那我能也调侃一下你吗？”

“调侃我？”

波子点了点头，接着把面庞垂了下去。

司令部白色的墙壁，倒映在护城河中，窗口的灯光也映在水中。

不但墙面的白影暗淡，这样看起来，只有灯光倒影残留在水面上。

---

①道格拉斯·麦克阿瑟（Douglas MacArthur，1880—1964），美军将领。第二次世界大战的太平洋战争结束后，麦克阿瑟将军以“驻日盟军总司令”名义在日本东京都建立盟军最高司令官总司令部，通称“GHQ”。

“竹原，你幸福吗？”

波子低声细语道。

竹原回过头看着他，沉默不语。波子的脸颊却微微泛起红晕。

“现如今，你都不再这样问我了吗？曾几何时，你可是问过我多少次啊。”

“是啊，二十年前的事了。”

“你二十年来都没再问过我，所以这次就由我来问问你吧。”

“所以，这算是你的调侃吗？”

竹原笑了，“现在我不问也能看得出来。”

“那么以前就看不出来吗？”

“嗯，其实，多少看得出来的，所以才会问啊。谁会去问一个幸福的人是否幸福呢？”

竹原说着，朝向皇居的方向走去，“波子，我曾认为你的婚姻是个错误，因此才会在你结婚前，甚至结婚后都问你这个问题。”

波子点了点头。

“对了，那次是什么时候来着？是西班牙的女舞蹈家来访的时候吧，你结婚后第五个年头吗？那天在日比谷公会堂，我们偶然碰见了。你坐在二楼靠前的贵宾席，你的芭蕾舞同伴也在，你丈夫也一起。我在后排座位，原想着躲起来，可是，你一看到我在场，便大摇大摆径直地走了过来，在我旁边坐下，随后也不曾挪位。我心想这样对不住你丈夫，还有你的朋友，于是劝你坐回原来的位置。但你只是说，‘就让我坐旁边吧，我会老老实实地坐着的。’于是，直到表演结束，你真就在我旁边安安静静地坐了两个小时。对吧？”

“是有这么回事。”

“当时我可是大吃一惊。矢木似乎很是在意，不时地朝我们这边看过来，而你却完全没有要坐回去的意思，那个时候，我真不知道该如何是好了。”

这时，波子放慢了脚步，突然停了下来。

在皇居前广场入口处，立有一块告示牌，上面写着：

“公园属于大家，让我们共同保持整洁。”

“这里也是公园吗？变成公园了？”

竹原读着厚生省[①]国立公园部的告示牌，自言自语道。

波子望向广场的远处，说道：

“我家的高男和品子，在战时还是中学生，学校经常组织他们到这里来施土除草。每次一说要去宫城前，矢木总是让孩子们先用凉水净身呢。”

“矢木先生那个时候大概确实会干出这种事吧。‘宫城’，现如今都不那么叫了，改叫‘皇居’了。”

皇居上空的晚霞已然消散，灰蒙蒙一片逐渐扩散开来，倒是东边的天空还残留着些许白昼的光亮。

---

①日本曾经的行政机构，主管医疗保健、社会保障等领域，2001年与当时的劳动省合并，改称“厚生劳动省”。

然而，环绕皇居树林的那一线狭窄青空，依旧未褪，带着淡淡的铅色，愈加深沉。

林中三四株松树的剪影从狭长的天际线里透出，在晚霞的余晖中，显得格外黑暗而沉静。

波子一边走着，一边说道：

“太阳落得好快啊。我们从日比谷公园出来的时候，夕阳下的议事堂塔楼还是桃红色呢。”

波子所言的国会议事堂，此时已被夕阳夜幕笼罩，塔顶的红灯在暗夜中一闪一灭。

右手边的空军司令部与总司令部的楼顶也是如此闪烁着红灯。总司令部窗户的灯光，透过护城河堤岸的松树林若隐若现，松树下方，还依稀可见几对在昏暗中幽会的情侣。

波子似有些迟疑，放慢了脚步。几对情侣清冷的剪影自然也映入了竹原眼中。

“这边有些冷清，不如我们绕到另一条路上走吧。”

波子说道，两个人便转身原路返回了。

看着那些依偎亲昵的身影，他们两个人也都意识到了：此时二人并肩而行，不也正是幽会的模样吗？

竹原是在送波子去东京站的途中，出租车发生了故障，两个人才会一同步行。不过在此之前，却是波子打来电话邀约他同去欣赏日比谷公会堂的音乐会。如此说来，两个人从一开始便是真真正正的约会。

然而，两个人如今均已年过四十了。

谈论往事，也是谈论爱情。波子对自己切身之苦的倾诉，听来也仿佛是爱的告白。多少岁月在他们二人身边流逝，而流逝的岁月对他们而言，既是羁绊，也是隔阂。

“你刚才说‘不知道该如何是好’，是什么意思呢？”

波子回到了刚才音乐会往事的话题，问道。

“啊，那个时候啊……我也还年轻，对于你的心意，不知如何是好。你把矢木晾在一边，坐在我身旁不肯回去，可真是颇为大胆啊。你怎么能做得出来如此坚决的行动呢？回想起来，你从以前就是这样，也曾情绪激动，干些让别人惊破胆的事情。那次也是如此吧，嗯，一定是这样……”

竹原继续说道，“刚才你说自己恐惧‘发作’，如果那个时候和刚才都是情绪发作的话，差别可真不是一星半点儿。那时候的你敢把自己丈夫撇在一旁，完全不放在眼里。而今天，丈夫明明远在京都，你却被他吓成那样……当年如果我偷偷地带你从公会堂溜出来，两个人就那样一走了之，是不是会更好呢？我那个时候也还没结婚。”

“可我已经有孩子了。”

“不过话说回来，也许当时我对于什么是你的‘幸福’，理解得太狭隘了，犯了错误。当年的我还是太年轻，总是相信女人一旦结了婚，她的幸福便只能在婚姻中寻找……”

“现在也依然如此呢。”

“是，但也不全是。”

竹原轻声反驳道，随后语气更加坚定地说道，“可是，当时我是这么想的：你之所以能离开矢木身边，坐到我这儿来，或许正是因为你的婚姻幸福安稳吧，你对矢木足够信任，足够放心，所以才敢如此放纵自己的情感不是吗？或许只是偶然见到我，让你感到一些怀念罢了。你坐在我身旁，也不必对丈夫有丝毫愧疚。但即便如此，你自始至终一直坐我那儿还是很奇怪，从头到尾一声不吭。我甚至觉得，连看你的脸都是一种冒犯，只能默默地坐在那里不敢扭头。那个时候，我真是不知道该如何是好了。”

波子沉默不语。

“矢木先生的外表也让我感到无所适从。他看上去温厚又英俊，谁又能想到拥有这般丈夫的妻子会不幸福？若是不幸福，人们也只会觉得责任在妻子身上吧。现在恐怕也是这样吧。记得是前年还是大前年来着，当时我还租住在你家宅子的别院。有一次听你说没钱交电费，我便把自己的工资袋给你，你接过后竟然哭得梨花带雨，说我的工资袋竟然没拆封……还说你自从结婚以来，甚至从来没见过丈夫的薪水……那一刻，我确实吃了一惊，但当时首先想到的还是，或许因为你花钱大手大脚，是你自己的原因吧。在外人看来，矢木先生就是如此光辉伟岸。更何况过去你们二人一起出现时，总能引得旁人侧目。即使我隐约感觉你们的婚姻从一开始就不大对劲，但开口问你‘是否幸福’，仿佛是在质疑自己的双眼一样。所以波子你沉默不答，我也觉得理所当然。”

“你不是也没有回答我吗？”

“我？”

“是啊。刚才我明明问过你了。”

“我们，平平凡凡罢了。”

“平凡的婚姻，真的存在吗？你在骗我吧。每一桩婚姻都是非凡独特的。”

“不过，我可不像矢木先生，人家不同凡响……”

竹原故作轻松地转移话题。

“话不能这么说。看看我那些个学校里的朋友，大概都是如此。人不同凡响，不等于婚姻就非同凡响。哪怕是两个平凡人，结合在一起，婚姻也可能变得非凡。”

“言之有理。”

“又是这句‘言之有理’，您是从什么时候开始喜欢用这个口头禅的？听起来倒像是老人家要把话题岔开时说的话，不觉得讨人嫌嘛。”

波子微微地挑了挑眉毛，窥望了一眼竹原的表情，“每次都是，总是我把自家的事讲给你听呢。”

就这么让竹原把话题岔开了。

虽然波子心里多少有些不甘，想要多问几句，但对于竹原的家事，她始终难以迈近一步。

“那辆车还瘫在那儿冒烟呢。”

波子笑了起来。

日比谷公园上方，月亮已悄悄升起。今天是初三或初四，正是蛾眉月，弯如弓状的月牙，不偏不倚地挂在云隙间，端然挺立。

两个人步行至护城河上，驻足凝望水中映出的灯影。

司令部的窗户灯光从正面照来，投映出一道长长的灯影，随水波摇曳荡漾。右岸成排的垂柳，左岸稍高的石壁，还有上方的松树，也都在灯影旁落下暗淡的倒影。

“今年的中秋明月，大概是在公历九月二十五六号吧？”

波子说道，“报纸上登过在这附近拍的照片，拍到了司令部上方的满月……也有水中的这些灯影。那一排窗户的倒影在照片上是一条光带，再上面还有一道光柱，似乎就是满月的影子呢。”

“报纸上的照片，能看出来这么细致的东西吗？”

“是啊，照片大小就跟明信片差不多，不过给我留下了深刻的印象。照片上还有城墙一样的石壁和松树，所以摄影师大概就是在柳树中间那儿架起相机拍的吧。”

竹原感受到了秋夜的微微凉意，便像催促波子一般似的迈开脚步，边走边嘟囔道：

“你跟你们家孩子也会讲这些吗？这样只会让他们变脆弱啊。”

“脆弱？难道我真就这么脆弱吗？”

“品子小姐站在舞台上很是坚强，但如果今后她越来越像你，那可就麻烦啦。”

两个人穿过护城河，转向左边。只见从日比谷方向走来一群巡警，能看到他们腰间皮带上的金属扣闪着光亮。

波子退让到路边，向竹原贴近，几乎就要挽住他的手臂。

“所以我希望你能帮助品子，保护她。”

“比起品子，你自己呢？”

“我已经在方方面面倚仗你的帮助了，难道不是吗？能在日本桥[1]那儿开办排练场，便是承蒙你的关照……而且如今，若是你能保护品子，也就是在保护我了。”

波子避开巡警的队伍，朝岸边的柳树走去。

垂柳细密的叶子几乎都没有凋零。

然而，电车轨道旁悬铃木则又是一番景象，这一侧的行道树还有泛黄的叶片，而对面同样是悬铃木，却几乎全都凋零，变成了光秃秃的枯枝。或许是因为公园的树荫挡住了光照吧。再仔细一看，这一侧也是情况不一，既有大半叶片凋零的树，也有掺杂着青叶的树。

竹原不禁回想起波子说的那句“即便是树木，也各自有各自的命运……”

“要是没有战争，品子现在可能正在英国或者法国的芭蕾学校跳舞呢。说不定我也会跟她一道过去。”

波子轻声说道，“那孩子，可惜把大好的学习时光都荒废掉了，再也弥补不回了。”

“品子小姐还年轻，未来可期……不过这么说来，你也曾经思索过如何‘逃脱’呢。”

“逃脱？”

---

①日本东京都中央区的地名。

“从婚姻中逃脱……离开矢木，逃到国外去……”

“这个嘛……我满脑子想的都是品子的事，我这一生就是为她而活……即便是现在也一样……”

“通过躲进孩子来逃避吗？真是母亲式的逃脱方法啊！”

“是吗？不过，我觉得我的方式要更激烈些，甚至有些疯狂。让品子成为一名芭蕾舞者，是我未竟的梦想……品子就是我自己。有时候甚至想不明白，到底是我在为品子牺牲，还是那孩子在为我牺牲。反正无论哪种无所谓。每每想到这些，就觉得我们能力实在有限，唉，真是不顶用。”

波子漫不经心地垂下了头，忽然抬起声音说，“哎呀，有鲤鱼！看，有条白色的鲤鱼！”

她边大声叫嚷着，边探身朝护城河望去，用手撩开垂到自己脸颊和肩头的柳枝。

两个人来到了日比谷的交叉口，护城河也到了转弯处。

拐角处的河水中，一条白色的鲤鱼安静地停在那里，不浮不沉，就那么漂在水中央。由于是河道的拐角处，堆积了些垃圾，和其他地方相比水位变浅，能够看到河底。水中也沉了些落叶。几片悬铃木的落叶停在水中，正如那条白鲤一样，纹丝不动。波子拂开的柳叶散落在水面，河水泛着淡淡的黄色，显得有些浑浊。

借着司令部窗户中传来的光亮，竹原也往水里看了白鲤一眼，随即便后退几步，凝视着波子的背影。

波子穿着黑色长裙，裙摆在下方收窄，勾勒出腰部到腿部的线条。

竹原在青春岁月时，便在波子的舞姿中见识过这条令他怦然心动的优美弧线，这个女人的曼妙曲线到如今依旧未变。

然而，此刻的波子却在夜晚的护城河边看着水里的鲤鱼。望着波子现在的背影，竹原觉得心中一种莫名的情感难以自抑。

“波子，这种玩意儿，你还要盯着看到什么时候啊！”

竹原不由得厉声说道，“算了，别看了。你看这玩意儿，不合适。”

“为什么？”

波子回过头来，从柳树下折回人行道。

“就这么小小一条鲤鱼，谁都不会注意到。可偏偏被你盯着，所以说……”

“可是啊，即便没人看到，也没人知道，这条鲤鱼就在这儿安静地待着嘛。”

“你就是这种人。所以才能发现这种孤单寂寞的鱼……”

“或许吧。不过，在这么宽敞的护城河里，偏偏它就待在这人来人往的拐角处，在小小的角落里一动不动。你不觉得很不可思议吗？路过的人都不曾注意它，往后要是跟其他人说起这条小鲤鱼，人家怕是觉得我扯谎呢。”

“所以说，你能够发现它才真是不可思议。或许那条鱼，就是想让你看到，才游过来的吧，同为孤独者，同病相怜吧。”

“就是。你看，鲤鱼的对面，河中央，有块告示牌，上面写着——请爱护鱼类。”

“哈哈，那倒不错。上面没有写‘请爱护波子’吗？”

竹原笑着打趣道，仿佛在寻找告示牌似的往护城河中望去。

波子也笑了起来：

“就在那儿呢。怎么，你连牌子也看不到吗？”

两个人身旁开来了一辆美国的军用巴士，里面坐着男男女女的美国人。

人行道一侧也有几辆新型的美国车整齐地排成一列，一辆接一辆地发动离开。

“在这种地方看什么可怜的鱼，你可真是无可救药。”竹原又开口道，“你这种性格，早点儿改了才好。”

“是啊，就算是为了品子。”

“也为了你自己……”

波子沉默了片刻，然后平静地开口说道：

“我决定卖掉家里的别院，也不全是为了品子。因为你之前曾借住过，所以在卖掉之前，想跟你打个招呼。”

“是吗？那要不然我买下来吧？这样一来，将来如果你有意卖掉主屋，也更方便一些。”

“哎呀？你居然这么快就做决定了？”

“抱歉，是我失礼了。”

竹原道歉道，“不小心就有些越俎代庖了……”

“不会，正如你所说，反正早晚有一天也会把主屋卖掉。”

“到时候，主屋的买家肯定会在意别院里住着的是什么人物。虽然说是别院，但毕竟在同一个宅子里，说话声都能听到。所以真到那时候，主屋可能就不好卖了。如果我能先买下别院，主屋出售时，我也可以一并转让给买家……”

“嗯……”

“不过，与其卖掉别院，倒不如考虑把四谷见附[①]那块的荒地卖掉怎么样？那里被烧得只剩围墙了，都长满杂草了吧？”

“确实，但那里我打算为品子建一座舞蹈研究所，将来……”

能建起来的可能性怕是微乎其微吧——竹原本想这么说，但讲出口的却是：

“也不一定非要建在那儿吧？到时候说不定能找到更好的地段。”

“或许吧，可那块土地承载着我和品子的舞蹈梦想啊。我还年轻的时候，品子还年幼的时候，从那时起我们的舞蹈之魂就在那里了。在那里总能让我想起各种舞蹈的幻影，那块地，我是不会交给旁人的。”

---

①东京地名，现属于新宿区，名称中“见附”源自江户三十六见附的见附门，即有哨所的城门。

“是吗？那既然如此，干脆别把别院拆分出售了，索性趁这个机会，把北镰仓的宅邸整体都卖掉，然后用这笔钱在四谷见附建一座带研究所的新宅邸，如何？应该办得到。我的工作如果能继续这么顺利的话，多少也能帮你一把。”

“我丈夫他是绝不会同意的。”

“这最终还是要看你的决心吧。如果下不了这个决断，研究所怕是也不容易建起来。我觉得现在正是个好时机。要是再继续一点点变卖家当，坐吃山空，最后什么都留不住。据说有不少舞者苦于找不到好的排练场地，趁现在建一座像样的研究所，既能让其他舞蹈家使用，也能对品子小姐有益处，不是吗？”

“我丈夫绝对不可能答应。”

波子有气无力地说道，“即便跟矢木去谈，他也只会照例‘唔’上一声，装出一副深谋远虑的样子而已。以前我还真的以为他是个心思缜密、做事深思熟虑的人，可到头来却发现，他只不过是摆出一副深沉模样，内心却在暗自打小算盘罢了。”

“不会吧……”

“我觉得肯定是。”

竹原回头看了波子一眼。波子迎着他的目光说道：

“不过我一直觉得，你也真是让人感到不可思议。无论我同你商量什么事，你总是当机立断，从未犹豫过。”

“是吗？要么是因为我对你没有什么小算盘，要么说我已经变成俗人一个了吧。”

波子的目光没有从竹原的脸上移开。

“可是你买下我家别院，是打算做什么呢？”

“嗯，打算做什么呢？这个……倒还没考虑过。”

竹原带着几分玩笑的口吻继续说道：

“毕竟当年我可算是被矢木先生礼貌地从那儿给扫地出门的，如果我买下别院，就可以堂而皇之地回去，好好报复一下矢木了。不过嘛，估计他不会卖给我的吧。”

“那就看矢木了。他盘算一番，说不定会卖给你呢。”

“说起来，算账这事，矢木先生不是从来没琢磨过吗？一向都是你打点操持的吧。”

“说得也是。”

“不过，正如你说的，矢木他也许真觉得卖给我也无妨。他这个人啊，即便内心妒火中烧，也不会在脸上露出一丝一毫，是个彻头彻尾的绅士。若真要说不卖给我，怕会让人误会是出于嫉妒吧，这话矢木先生听起来可未必舒心。但话说回来，你们夫妻之间到底有没有嫉妒情绪，你们彼此表现得波澜不惊，但在旁人看来总感觉有点儿瘆人，就像是暴风雨前的宁静……”

波子沉默不语，然而内心深处却涌动着一团冰冷的火焰。

“虽说我并非出于多深的盘算，才想要买下你家别院。不过偶尔在那儿露个脸，给矢木添些堵倒也趣事一桩。我倒是想扒开他那副正人君子嘴脸看看……不过，在他嫉妒之前，说不定你反倒会先为难。就连我自己，要是再待在你们两个人身旁，也做不到心无波澜啊。”

“无论你在哪里，我的痛苦都是一样的。”

“因为我的缘故让你痛苦吗？”

“有一部分原因在你，也有其他的苦楚。刚刚提到的，卖掉房产新建舞蹈研究所的事，对品子确实有好处，可高男该怎么办呢？那孩子模仿能力强，渐渐地变得越来越像他父亲。从高男的角度设身处地地想一想，可能也不好怪他，毕竟我一味地操心品子芭蕾的事，难免会忽视他，让他一直活在姐姐的阴影里……”

“是啊，确实要多加留意才行。”

“再者，还有那个经纪人——沼田，不厌其烦地挑拨我们四人之间的关系，甚至在我和品子之间也插一脚……想方设法地让我们彼此疏远，把我当成玩物，把品子视为摇钱树。”

眼前岸边的柳树之间，又有一块牌子映入眼帘，上面同样写着“请爱护鱼类”。这里正对着司令部，窗内的灯光明亮，因此彼岸的松树倒影、此岸的柳树倒影，在水中都映得更清晰些。

灯光影淡淡地能照到对岸石墙的一角。墙上一个幽会中的男人在吸烟，能看到香烟点燃的光斑。

“好可怕……刚才开过去的车里，该不会矢木就坐在里面吧？”

波子不由得再度微微缩了缩肩膀。

母亲的女儿·父亲的儿子

矢木带着他儿子——高男，从上野的博物馆走了出来。

站在石砌正门的中央，矢木停下了脚步。他对古代艺术作品已经有些审美疲劳，面前公园中的树木映入他疲惫的双眼，让他不由自主地停下脚步。古代艺术还残留在脑海，眼中映照出的自然景致，似乎带着些许新鲜。

矢木嘴角露出轻松的微笑，眺望着公园。高男则站在一旁，望着自己的父亲。

这对父子长得极为相似，不过儿子比父亲矮了一些，体型也更为瘦削。高男大约有二十天没见到父亲了，此刻在他的目光中，父亲显得是那么伟岸。

父子二人是在雕塑展厅中偶遇的。

当矢木从二楼下来，刚进入雕塑陈列厅时，就看到高男正站在兴福寺的沙羯罗像[1]前。

---

①日本国宝，藏于奈良兴福寺，八部众像之一。

矢木还未走近，高男便回头发现了他，脸上露出一丝尴尬的神情。

“您回来了。”

“嗯，回来了。”

矢木点了点头，“不过，你怎么在这儿？没想到会在这里碰到。”

“我可是来接您的。”

“接我？真亏你能找到这里啊！”

“您在信里说，会和博物馆的人一起搭夜班火车回来，所以我就猜，您可能不会直接回家，而是会来博物馆待一会儿。上午我都一直在家等您的……”

“这样啊，谢谢你了。信是什么时候收到的？”

“今天早上……”

“刚好赶上了？”

“不过，姐姐今天也有排练，信是在她和母亲出门之后才送到的，所以她们并不知道您今天回来。”

“是吗？”

二人似乎都刻意避开彼此的视线，转而凝视起沙羯罗像。

“虽然我猜您会来博物馆，但揣测具体在哪个展厅能找到您，还真费了些心思。”

高男说道，“最后决定在这里的沙羯罗像、须菩提像前等您，这想法不错吧？”

“嗯，确实是个好主意。”

"您每次来这家博物馆，临走之前总会来这儿，在兴福寺的沙羯罗像和须菩提像前停留一会儿，我说的没错吧？"

"没错，站在这里，脑袋一下子就清醒了。心头的阴霾和浑浊也都得到净化。而且好像所有的疲惫和紧张都消失不见了，有种说不出来的、暖洋洋的感觉。"

"我觉得，这尊娃娃脸的沙羯罗像，皱着眉头的样子，有几分像姐姐和母亲的神态，您不觉得吗？"

父亲摇了摇头。

矢木虽然觉得是无稽之谈，摇起头来，但神情随即又温和了下来。

"是吗？不管怎么说，你能在天平时代[①]的佛像上看出她们的影子，倒是挺了不起的。要是跟她们二人提起这事，她俩或许也会变得温柔点儿吧。不过沙羯罗可不是女人，这种神情在女性脸上不太可能见到。沙羯罗是一名少年，一名东洋的圣少年。看他威风凛凛地站在那里的样子，让人感觉在天平年间的都城奈良之中，或许真的有过这样一位少年。须菩提也是一样。"

"嗯。"

高男点了点头，接着说道，"我在这里等您的时候，已经站在沙羯罗像和须菩提像前看了好一会儿了，看着看着竟然觉得这两尊雕像有些悲伤……"

---

①天平时代指710年至794年（也有学者认为至784年）间的日本奈良时代，该时期佛教美术文化盛行。

“唔……这二尊都是干漆雕像，干漆这种材质，似乎更容易让佛像雕刻师抒情发挥，天真烂漫的少年佛像中也透露出一分日本式的哀愁。”

“姐姐的眼皮经常眨啊眨的，时不时还皱起眉头，眼神里带着一股忧愁，就像这尊佛像一样。”

“是吗？不过，蹙眉也是佛像雕刻中的一种表现手法啊。比如这尊沙羯罗的同伴——同属于天龙八部众中的阿修罗像，还有须菩提像，以及同属释迦十大弟子的几尊雕像，也都是一样眉头微皱。而且这尊沙羯罗，造型虽然是惹人怜爱的童子形象，实际上却是八大龙王之一，本质上是一条龙。他护持佛法，力量不容小觑，可是水之王者啊。这尊雕像中也蕴含了此种力量，你看，他肩膀上缠绕的蛇，盘在少年头顶上，正将头高高地昂起对吧？这佛像确实雕琢得极具人性，让人感到亲近，因此你才觉得它像某人吧？不过，虽然看似写实，它却是永恒理想的象征。在稚气未脱、可怜可爱的外表之下，却有一股清澈辽阔的夺人气魄，也包含了静谧深邃的力量跃动。很遗憾，咱们家的两位女士，怕是没有这般高深的智慧啊。”

二人从沙羯罗像前移步到须菩提像前。

须菩提像的姿态更是大道至简，十分自然地伫立着。

沙羯罗像高度为五尺一寸五分，须菩提的立像则是四尺八寸五分。

须菩提身披袈裟，右手拉起左袖口，脚踏一双草履鞋，静静伫立于一块岩石底座之上，显得温和谦逊，又微带些寂寥。僧人宝顶无发，面庞如孩童般清朗沉稳，其容貌似乎在人群中平凡常见，却透露出一种令人怀念的永恒之感。

矢木一言不发，默默地从须菩提像前离开，然后，向正门走去。

正面玄关向外凸出的巨大石柱，如同一个牢固无比的画框，将博物馆前庭和上野公园装裱其中。

父亲站在石砌正门的中央，伫立在御影花岗岩铺就的地板上，高男觉得自己的父亲没有普通日本人的那种寒酸，身姿是那么高大伟岸。

“在京都时运气不错，恰好考古学会和美术史学会接连举行，我都参加上了。”

父亲说着，将长发缓缓地拨到脑后，戴上了帽子。

虽然矢木说是在京都出席了考古学会和美术史学会的会议，但实际上他只是获许参观了学会主办的某场个人藏品展览，仅此而已。

矢木既非专业的考古学者，也非美术史专家。

他虽然也曾将考古学的参考资料视作美术品来欣赏，但他大学的专业是中国文学，应该算是一位日本文学史学者。

在战争期间，矢木曾撰写过一本名为《吉野朝[①]之文学》的书，并将其作为学位论文提交给了当时他任教的某所

①吉野朝廷，亦称南朝，即日本的南北朝时代大觉寺统后醍醐天皇的朝廷，存续时间为1336—1392年。

私立大学。该书文学考察与史实调查并重，讲述了南朝人历经战败、在吉野山等地颠沛流离，但依然恪守王朝的传承、憧憬曾经的繁荣，并努力将之流传于后世的内容。尤其南朝几位天皇研究《源氏物语》的部分，矢木的笔触催人泪下。

矢木还曾亲自探访过北畠亲房①的遗迹，沿着《李花集》著者——宗良亲王②的流亡之路，行至信浓③等地，踏寻古迹。

据矢木所述，圣德太子时期④的飞鸟时代⑤、足利义政的东山时代等自不必说，战乱频发是人尽皆知，就连圣武天皇⑥的天平时代、藤原道长⑦所处的朝代也绝称不上天下太平。就在人类纷争不断的历史长河中，却涌现出无数美丽的浪花。

矢木能够意识到藤原时代的黑暗面，得益于他研读了原

---

①北畠亲房（1293—1354），日本镰仓时代后期至南北朝时期的公卿、历史学家，代表作为《神皇正统记》。

②宗良亲王（1311—1385？），日本镰仓时代后期至南北朝时期的皇族，后醍醐天皇之子，和歌诗人，撰有《新叶和歌集》《李花集》等和歌集。

③日本古国名，亦称信州，今长野县一带。

④圣德太子（574—622），日本飞鸟时期政治家。用明天皇次子。作为推古天皇时的摄政大臣，与苏我马子共同执政。曾派遣遣隋使，引进中国的先进文化、制度，意图建立以天皇为中心的中央集权国家体制。其执政期间大力弘扬佛教。

⑤飞鸟时代，日本的一个历史时期。指从6世纪末期，推古天皇在奈良即位开始，至迁都平安京——即今日的京都，约120年的时期。

⑥圣武天皇（701—756），日本第45位天皇，在位期间属于天平时代，这一时期佛教文化盛行日本。

⑦藤原道长（966—1028），日本平安时代的公卿。

胜郎博士[①]的《日本中世史》等著作。

如今他正在执笔关于“美女佛”研究的文章，其中的许多灵感又是受到了矢代幸雄博士[②]的《日本美术之特质》等著作中美学理念的启发。矢木曾打算将“美女佛”研究的书名定为《东洋之美神》，但他又觉得这一命名似乎和矢代博士的风格太过相近。并且相比之下，他更倾向于使用“佛”这一字眼，而非“神”。

矢木因日本战败而饱受艰难，对于日本的“神”这一字眼，真要使用起来，他的内心也是充满惶恐与不安。如今，《吉野朝之文学》一书，某种程度上已成了对战败的哀悼，尽管如此，他依旧将皇室视作日本美学的传统，将其奉为神明。

所谓“美女佛”，矢木探讨的主要是观音菩萨。除此之外，弥勒佛也好、药师如来也好、普贤菩萨也好、吉祥天女也好，只要是具备女性之美的佛、菩萨，都一并纳入研究对象，他尝试从这些神佛菩萨的佛像和佛画中，汲取日本人内心的美学精神。

矢木既不是佛教学者也不是美术史专家，所以相关方面的知识底蕴较为浅薄。然而，正因如此，他的“美女佛”很

①原胜郎（1871—1924），日本历史学家，文学博士，京都帝国大学教授，著作有《日本中世史之研究》等。

②矢代幸雄（1890—1975），日本美术史学者，美术评论家，代表作有《日本美术之特质》等。

可能会成为别具一格的日本文学论著。矢木相信，若是做成文学论著的话，自己完全能写得出来。

作为一名国文学者，他或许称得上是涉猎广泛。

矢木一介贫寒书生出身，与波子刚结婚的时候，他连深受女学生喜欢的奈良中宫寺观音像都不认得，弥勒像所在的京都广隆寺更是未曾踏足过。虽然学过几句与谢芜村①的俳句，却从未欣赏过芜村的画作。尽管自己堂堂大学国文学科毕业，在日本传统文化方面的修养还不如波子这样出身富裕家庭的女学生。

“名古屋的德川家有《源氏物语》绘卷的展览，您何不去看看呢？”

有次波子这么一说，随即唤来她的奶妈来提供旅费——波子的奶妈负责她们家的银库账房。

当时一股羞辱、不甘之情，刻骨铭心地刺入矢木身体。

博物馆内正举行南画（文人画）②的名作展览。

芜村——那个昔日矢木仅知其俳句、不认其画作的与谢芜村，他的南画此刻当然也陈列其中。

“二楼的南画，你看了吗？”

矢木问高男。

“走马观花地路过而已。不知道父亲您什么时候会去

①与谢芜村（1716—1783），日本江户时代诗人、画家。

②南画，源自中国南宗画，江户时代中后期得到发展，又称文人画。括号中内容为原文既有。

佛像展区，心里总惦记着这事，所以没有仔细看其他的展品……”

“是吗？那可真是可惜了。我今天稍后和别人有约，怕是没有时间细看了。”

父亲从口袋中取出一块怀表，看了一眼时间说道。

那是一块伦敦史密斯公司制造的银质怀表，造型古朴，侧边有一个小巧的金属按钮，只须事先轻按设置好，三点时怀表会在矢木口袋里报时。三点后又响了两次，提示音是每十五分钟鸣一次，这样一来，仅凭声响就能判断当前大约是三点三十分。

“这表要是给宫城道雄[①]那样的瞎子，肯定很方便。”

矢木常如此笑言。这表在漆黑的夜晚、昏暗的枕边也能给人报时。

矢木还有一块能当闹铃的怀表。高男曾听父亲讲过，有一次，在祝贺某人大作出版的庆功会上，正当某位嘉宾喋喋不休、长篇大论讲个没完时，矢木口袋中的怀表突然“叮铃、叮铃”地响个不停，那场面实在是有趣极了。

现在，高男听到父亲胸前口袋中，那宛如小八音盒一样的怀表发出细弱的报时声，他衷心地感觉能见到父亲真是太开心了。

“我还以为您要直接从这里回家呢。还要去哪儿？”

---

①宫城道雄（1894—1956），日本作曲家，筝演奏家，七岁失明。

“嗯……昨晚在火车上睡得挺好，倒不急着回家。不过你也可以一起跟着去。是和一家教材出版社的人有约。他们说想把我写的关于平安朝时期文学与佛教美术交流相关的内容，收进国语的教科书里。不过嘛，肯定是让我删掉一些太过专业的部分，改成一篇通俗易懂、文笔漂亮的文章罢了。对了，还要商量选什么插图。”

矢木走下玄关前的石阶，望着鹅掌楸的叶子缓缓飘落。

那棵鹅掌楸就在石砌的玄关旁边，挺拔直立，一株参天，叶片大得像槲树叶，已经染上深黄。鹅掌楸像一位年迈的国王矗立在那里，震慑住偌大的庭院归于沉静。

“就算把我文章中的实质部分删掉，也能让阅读藤原文学的学生感受到藤原的美术韵味，对他们而言也算有所帮助。”

矢木接着说道，“芜村的画，你觉得怎么样？你也没看过他的画，只是在国语课上学过他的俳句吧……”

“是的。我倒觉得华山的画更好。”

“渡边华山①吗？嗯，无论如何，南画方面，大雅②是大天才。不过，华山对于现在的年轻人来说就……在那个时代，华山将西洋技法融入作品，所展现的强烈好奇心和创新努力倒是……”

---

①渡边华山（1793—1841），江户后期的学者、画家。

②池大雅（1723—1767），江户时期的南画家、书法家，同与谢芜村均被认为是南画的集大成者。

然后矢木走到博物馆的正门外时又说道，“对了，我还打算见一下沼田，就是你姐姐品子的经纪人。”

父子二人搭乘中央线电车到了四谷见附。

他们准备穿过马路，往圣伊格纳齐奥教堂[①]的方向去，路上等待车辆行过之际，高男皱紧眉头说道：

“那个经纪人，我实在是讨厌得不得了。下次，如果他再对母亲或姐姐搞什么名堂，我非和他决斗不可。”

“决斗？太夸张了吧。”

矢木温和地微笑着说。

但如此语出惊人，究竟是时下青年人流行的说话方式呢？抑或是高男自身性格的体现呢？父亲看着自己儿子的面庞思索起来。

“我说真的。对付那种货色，要是没有以命相搏的气势，他是不会有所收敛的。”

“对方既然是无聊之辈，和那种人以命相搏不也是无聊之举吗？白白糟蹋自己的性命。沼田那么肥头大耳、皮糙肉厚的，凭你的小细胳膊，哪怕拿个小刀什么的跟他比画，怕是都刺不穿他的皮。”

父亲笑着说道。

高男用手比了个开枪瞄准的姿势，说道：

“我用这个。”

①位于东京千代田区麹町六丁目的天主教堂。

“高男，你这家伙，有枪吗？”

“我虽然没有，但枪这种玩意儿，随时都可以从朋友那儿借到。”

儿子满不在乎的回答让父亲不禁打了个寒战。

高男看似老实稳重、喜欢模仿父亲，但他内心却也潜藏着如母亲般性格火暴的一面，有时可能会病态地燃烧爆发出来吧。

“父亲，过去吧。”

高男短促地说了一句，随即在一辆从新宿方向驶过来的出租车前疾步穿过。

几名身着制服的女学生，三五成群，微微低着头，走进了圣伊格纳齐奥教堂。看制服样式应该是路对面双叶学园的学生，大概是放学后去做祷告吧。

父子二人走到了护城河外围河堤的阴影处，矢木望着教堂的墙壁，平静地说道：

“新教堂的墙壁上也映上古松的树影了。去年，这座教堂展览过圣遗物‘沙勿略的右臂[①]’。四百年前，方济各·沙勿略去京都时，肯定也曾在路边的松树树荫下走过吧。当时京

①沙勿略即下文出现的方济各·沙勿略（St.Francis Xavier，1506—1552），耶稣会创始人之一，也是最早来东方传教的耶稣会士，他首先将天主教传播到亚洲的马六甲和日本。在他离世后，其右臂也被作为圣物同遗体分离，“沙勿略的右臂”曾于1949年（即沙勿略来日本传教400周年）和1999年（来日本传教450周年）从罗马运到日本并在各地展览。

都正遭受战火，就连足利义辉[①]将军也是四处东躲西藏。沙勿略想方设法希望能够觐见天皇，当然最后没得到谒见许可，他在京都只逗留了十一天便折返回长崎的平户了。”

映照着松影的墙壁被夕阳涂染上一层淡淡的桃红色。

旁边上智大学[②]的红砖外墙上也洒满了夕阳余晖。

父子两人走进了前方的幸田屋旅馆，服务员领他们到了里面的一间房屋。

“怎么样，挺清静的吧？这地方在改为旅馆前，是一个钢铁行业暴发户的宅邸，现在我们在的这间屋子原本是茶室。那位诺贝尔奖得主汤川博士[③]，也曾在这里住过呢，他从美国坐飞机落地日本后，以及从日本起飞前往美国前，都会在这里借宿……还有游泳运动员古桥选手[④]等人，去美国前、回日本后，也在这里合宿训练过。”

“母亲她不是也经常来这里吗？”高男说道。

汤川博士和古桥选手是战败后日本的荣光和希望，矢木原本想着，能踏进这些有名望的大人物曾住宿过的房间，一定会让高男这种年轻学生心潮澎湃吧。可是高男似乎并没有

---

①足利义辉（1536—1565），日本室町幕府第13代征夷大将军。

②位于东京千代田区的日本著名私立大学，也是日本首家天主教会系大学。英文名为Sophia University。

③汤川秀树（1907—1981），日本著名物理学家，1949年获得诺贝尔物理学奖，也是第一个获诺贝尔奖的日本人。

④古桥广之进（1928—2009），日本著名游泳运动员，在二战后的游泳比赛中数次打破世界纪录，被称为“富士山的飞鱼”。

什么特别感想。

“进这个房间前，还经过了一个宽敞的大房间吧。那个大房间是把两间屋子给打通了，给汤川博士做会客室用的。当时各色各样的人蜂拥而至，不想让他们进到这个房间来，可是报社的摄影师们不知道从哪儿悄悄地溜进了院子，想偷拍一些平常看不到的照片，搞得汤川博士片刻不得安生。后来为了不让摄影师溜进来，听说这里的两名女佣就守在院子两头，晚上也要站岗，被蚊子叮得苦不堪言。当时毕竟是夏天嘛。”

矢木说着，把视线转向了庭院。

院子里栽满了各种竹子，有大明竹、布袋竹、寒竹、四方竹等，庭院一角，可以看到谷物之神——稻荷神神社的红色鸟居。

二人所在的房间也称“竹间”，天花板是用烟熏成茶褐色的竹子编制搭建成的。

“汤川博士到这里时，旅馆的老板娘不巧身体抱恙，卧病在床还挂念着说，先生时隔这么久回一趟日本，要把上好的香给点起来。还说牵牛花也开了，庭子里树上的蝉要是也鸣叫起来了才好。”

“啊……”

“还想着蝉鸣，真是有意思。”

“啊。”

不过，同样的话，高男以前曾听母亲讲起过，父亲似乎是从母亲那里现学现卖的，他这个做儿子的也实在难以装出一副十分感兴趣的样子。

他环视着房间，说道：

“这房子真好啊。母亲现在也还经常来吧？有些奢侈啊。”

父亲背靠吉野圆木柱制成的壁龛柱子放松地坐着，点了点头，却岔开了高男的话，又接着刚才的话题说了起来：

“好像当时确实听到蝉鸣了，汤川博士还作了一句诗：‘东京夜宿里，庭深闻蝉声。蝉吟惊客梦，木影动离情’。汤川博士一直以来都对和歌很感兴趣。”

今天的晚餐费用也是记在了波子的账上。最近一段时间，高男对父亲的此种行径也颇有微词。

矢木轻巧地说道：

“你母亲同这里的老板娘交情匪浅，说起来都是老朋友了。品子的舞台事业也需要人脉帮助嘛。”

教材出版社的主编来了。

矢木先展示起了藤原佛教美术方面的照片，而没有先拿出自己的文章。

“这些照片都是我拍的，我的想法也包括在了其中。”

矢木把精心挑选出的照片——和歌山县高野山的圣众来迎图、京都净琉璃寺的吉祥天女、博物馆的普贤菩萨、京都教王护国寺的水天神、岩手县中尊寺的阿弥陀如来、大阪府观心寺的如意轮观音等，在桌面上摆好，正准备介绍说明，开口又说道：

“对了，咱们还是先喝杯粗茶吧，染上京都的习惯了……”

他把大阪河内观心寺的秘藏佛像——如意轮观音的照片拿在手里说道：

“这佛嘛……清少纳言在《枕草子》[①]中有写道：‘佛，以如意轮观世音最能关切人心，那支颐的模样儿，真个慈悲，世所无比，教人自惭形秽[②]。’她的句子很好地抓住了那种感觉。我在文章中也引用了这段……”

矢木这话不知是讲给主编听的，还是讲给高男听的，而接下来他又明确对着高男说道：

“刚才，咱们在博物馆看的沙羯罗和须菩提，这些奈良的佛像，具有一种清新淳朴的拟人化写实风格，而到了藤原时期的拟人化写实表现中，变得有些艳丽华美了，带有人体肌肤的温热，更像现世间的人，与此同时却又不失神秘色彩，可以说是女性之美的最高象征。而若是膜拜这种神佛菩萨，就让人感觉藤原时期的密教像是女性崇拜。奈良药师寺的吉祥天女画像，与这个京都净琉璃寺的吉祥天女像虽然相似，但二者比较起来，还是能明显地感受到奈良风格与藤原风格的差别啊。”

---

①清少纳言（966？—1025？），日本平安时期著名的女作家，中古三十六歌仙之一，与紫式部、和泉式部并称平安时期三大才女，代表作为随笔《枕草子》。

②此处翻译引自林文月译文，《枕草子》，南京：译林出版社，2011年，第242页。

接着，矢木把自己的折叠提包拉了过来，从中取出京都净琉璃寺吉祥天女和大阪观心寺如意轮观音的彩色照片，照片中鲜明地保留了实物的色彩。他建议主编将这两张照片彩色印刷，作为国语教材的扉页插图。

"是啊，与老师的大作交相辉映，真是好极了！"

"哪里，哪里，拙作文笔稚嫩、辞藻浮夸，还没有确定是否被采用呢……暂且不论最后用不用我的文章，我是希望日本的国语教科书中，至少能有一张佛像作为卷首插图啊，倒不是说因为西洋的教科书上都印有圣母玛利亚的画像就……"

"当然，老师的大作我们肯定是想收录，所以才不揣冒昧前来叨扰。只是，这佛像太过有名，如今的学生大多已经在别的什么地方见到过照片了吧。"

主编显得有点儿犹豫，继续说道，"正文里，老师您文章中的插图，我们可以遵照您的意思选择……"

"我的文章姑且不提，最好还是在卷首插图放上佛像照片。不看日本的美学传统，也就没有日本的国语。"

"正是这个意思，所以请务必让我们收录老师的论文……"

"拙作倒还算不上是论文，不过……"

矢木又从包里取出一份杂志的剪页，递给了主编。

"我在昨晚回东京的火车上修改了一下，把一些难懂的地方删去了，你回去后再看看，作为教材是否合适。"

话毕，矢木又啜了一口淡茶。

女佣前来告知沼田先生到了，矢木只把茶碗翻了过来盯着看，头也不抬地说道：

“请他进来。”

沼田身穿藏青色双排扣西装，虽然衣着整洁，但肚腩外凸，连鞠躬行礼都显得很是费力。

“哎呀，矢木老师，您回东京啦。还有您家千金，恭喜恭喜呐。”

“啊，多谢。波子和品子一向承你关照……”

这声“恭喜”，是一种在后台跟出场演员说话的腔调。

沼田所说的“恭喜”，是恭喜品子的哪次演出呢？矢木在京都期间，全然不知自己女儿在什么地方跳了什么舞，所以他只是转动把玩自己面前的茶碗，静静地盯着看，又说道：

“这只茶碗漂亮得像个美人啊。往后天气是越来越冷，这志野烧[①]的茶碗用起来温存暖心，就像美女一样，可是好东西啊。”

“就像波子夫人呐，老师。”

沼田故意一本正经地说道，“话说老师您此行去京都，肯定又挖掘淘换到什么名品了吧？”

“不，我讨厌挖掘出土的物件，对古董也没什么兴趣。”

“说的是呢，都是名品主动找您……不错，那些名品在

---

①日本陶瓷器的一种，产地在岐阜县美浓地区。

破烂玩意儿堆里闪闪发光，等候着老师慧眼识宝啊。”

“哈哈，这倒是不会。”

“平常肯定是碰不着，像品子小姐那样的名品，可是十年、二十年挑着灯笼都找不出一个。老师，近来我可是逢人便夸赞品子小姐，真正的名品。而且名品的光芒越发耀眼了。马上各大妇女杂志的新年特辑就要出版了，老师，请您瞧好吧，我已成功地游说各杂志在卷首图刊登令千金的玉照了，她一定会是一九五一年备受瞩目的新人。芭蕾舞也会越来越流行……”

“谢谢，不过若是过度营销，把她当作商品来对待就……”

“那是自然，老师您不必担心，有她母亲陪在身边呢……”

沼田不容置喙地说道，“只是令千金的芳名叫品子，所以顺口称呼为名品罢了。真想让您尽快看到新年特辑的照片呐。”

“是吗？说起卷首照片，我们刚才也正巧在讨论卷首插图呢。”

接着矢木便将沼田介绍给了教材出版社的北见先生。

女佣到来，询问一行人用餐前是否要先去沐浴。

沼田和北见都推说怕着凉感冒，婉拒了。

“那我就失陪，去泡个澡，把坐一晚火车身上粘的污垢冲一下。高男，你不去吗？”

高男随父亲一起进了旅馆的浴场。

见有台秤，父亲问道：

“高男，你有多重？你看起来是不是瘦了？”

高男光着身子，走上磅秤，踩得磅秤发出铛铛两声响。

“四十八点七五公斤①。”

“不行啊，太轻了。”

“您呢？”

“我来看看。”

高男下来，矢木站到秤上，“五十七公斤多一点儿，这几年都差不多，没什么变化。”

磅秤前，父子二人裸着同样白净的身子，赤条条面对面近距离地站着，儿子表情突然变得有点儿不好意思，又略带些伤感，走开了。

铸铁材质的圆形长州浴缸里，二人一起泡澡，难免肌肤相触。

高男先从浴缸出来，走到淋浴处，边低头洗脚边说道：

“父亲，那个沼田纠缠母亲那么久，这次难道还让他缠上姐姐吗？”

父亲把头枕靠在浴缸边缘，双目紧闭。

见父亲不作回答，高男抬头望去。父亲的长发虽然还是乌黑，头顶处却能看得出有些稀疏。原先只注意到父亲额头

①原文为13贯，一贯等于3.75公斤。下文矢木的体重同换算为公斤。

发际线比较高，现在看到父亲似乎头顶也开始秃了。

“您为什么要见沼田那家伙呢？才刚从京都回来就……”

高男本想说为什么回家之前就先见那家伙，还想说明明沼田一直不把父亲放在眼里。

“我这次来接您，能在博物馆见到父亲本来可高兴了，可是您却把沼田叫过来，真让人扫兴。”

“唔……”

“从小我就感觉母亲好像要被那个沼田给抢走似的，恨死他了。甚至经常做噩梦，梦到被他追赶、差点儿被杀掉，我可都没忘。”

“嗯。”

“姐姐是因为和母亲一起跳芭蕾舞，才被沼田给纠缠上，只是……”

“事情不是你说的这样，你的看法太过偏激了。”

“不是的。您不是也知道得很清楚吗？沼田为了讨好母亲，都是怎么费尽心思讨好姐姐的……姐姐之所以爱慕香山先生，也全都是沼田设计使的手段。”

“香山？”

矢木在浴缸中转过身来坐正，“香山君现在在做什么，你知道吗？”

“不知道。应该没再表演芭蕾了吧，都不见他的名字。说不定一直窝在伊豆吧。”

“是吗？关于那个香山君的情况，我也正想着问一下沼田呢。”

“香山先生的情况，您直接问姐姐不是更好？问母亲也行……”

“唔……”

高男进了浴缸。

“父亲，您不冲澡吗？”

“啊，懒得洗了。”

矢木侧了侧身子，为高男腾出空间，“今天你在学校里怎么样？”

“只上了两个小时。不过，我像现在这样，上个大学，合适吗？”

“说是大学，因为是新制学校，按你现在的年龄在过去才上到高中。”

“您就让我去工作吧！”

“这个嘛……泡着澡呢，别说这些费力气的事了。”

矢木笑着爬出浴缸，一边擦拭身子一边说道，“高男你呀，有时候对别人的要求过高了，就比如说对沼田吧，有合理的要求，也有不合理的要求。”

“是吗？对待母亲和姐姐，也是这样吗？”

“你在说什么呢？”

矢木打断了高男的话。

两个人一回到竹间，沼田就抬起头望着矢木，说道：

“老师您称之为美人的这个茶碗，刚才和我做伴呢。对了老师，刚才我过来的路上，路过一座教堂，是叫圣伊格纳齐奥教堂吧？顺便进去看了一眼，我这刚出了天主教堂，又喝上日式淡茶，真是……”

“是吗？不过，天主教和茶倒是从很久以前便颇有渊源，比方说，那织部石灯笼①，也叫作基督教徒灯笼。”

矢木边说边坐了下来，“依照古田织部②的喜好，石灯笼的底座柱子上，雕刻有圣母玛利亚怀抱耶稣的图案。还有相传为高山右近所做的茶勺，高山右近人称基督教徒大名，他做的茶勺上面刻有铭文，写作‘花十’，念作‘花十字’。”

“花十字？挺好挺好。”

“高山右近等人还喜欢坐在茶室向基督教的神明祷告。外国来的传教士还写过类似这样的话，说茶道的清净与调和，把右近塑造为一名高雅之士，也引导他去敬爱神明，发现主之美。耶稣教传入日本的时候，正是大名，还有大阪府堺市③那里的商人之间茶道盛行的时候，传教士若是受邀去参加茶会，便会在席间一同下跪，向神祈祷，献上感谢。他们送回本国的传道情况报告书中，还详细记载了关于茶道的

---

①桃山时代随着茶道兴起，为了晚上在庭院举办茶会时有光亮，便开始利用石灯笼照明。这些石灯笼也称为织部灯笼，相传发明人为后文出现的吉田织部。

②吉田织部（1544—1615），本名古田重然，日本桃山时代的武将、大名、艺术家，是著名茶道名人千利休的弟子。

③堺市，位于大阪市南侧，面向大阪湾。

信息，甚至连茶具的价格都有写……"

"原来如此……最近天主教和茶道又盛行开来，老师您所住的北镰仓，就是关东地区的茶之都啊。之前听波子夫人提起过。"

"不错。去年同'沙勿略的右臂'一起来日本的，那个名叫什么的大主教，他们一行人在京都受邀参加茶会，看到日本茶道的仪式跟西方弥撒的仪式有那么多相似之处，听说让他们大吃了一惊。"

"是嘛……跳日本舞的吾妻德穗[①]，也成了天主教徒，下次要表演'踏绘[②]'，怎么样，老师您也去欣赏一下？"

"哦，在长崎？"

"应该是在长崎吧。"

"应该是表演以前发生在长崎的、踏绘殉教相关的内容吧，现如今，一颗原子弹，就把长崎的浦上天主教堂[③]夷为平地，据说长崎死了八万人，其中有三万人是天主教徒……"

矢木说完，看了一眼教材出版社的北见。

北见一直沉默不语。

"附近的那个圣伊格纳齐奥教堂，不知道在哪个方面，

---

①吾妻德穗（1909—1998），日本著名女舞蹈家，"吾妻流"舞蹈的创始人。

②踏绘是日本人在德川幕府时期出现的仪式，即踩踏耶稣和圣母玛利亚的画像。目的是探明外人是否基督徒。禁止基督教时曾经下令要所有教民践踏以示叛教，亦用于测试进入当地的荷兰人是否传教士。

③浦上天主教堂，位于日本长崎市，以无原罪圣母为主保。1914年完工，1945年因长崎核爆被毁，1959年重建，现今已成为长崎市的著名景点。

据说号称是东方第一呢。不过我还是更喜欢长崎的大浦天主教堂，那可是最古老的国宝级教堂……彩绘玻璃也十分漂亮。尽管教堂远离远浦上的中心区域，没有被原子弹毁坏殆尽，可我上次去参观的时候，受损的屋顶依旧是老样子，没有得到修缮。”

开始上菜了，矢木便把摆在桌面上的佛像照片收起，装进了公文包。

“不过，老师您还是更偏爱神佛菩萨吧？曾经您让波子夫人跳的《佛之手》舞蹈，真是太美了。将佛像手势的千姿百态都编排组合到了一起。”

沼田像是在观察着矢木的表情，又继续说道，“我啊，希望能让波子夫人再重新登台表演，老师您看……《佛之手》舞蹈，现在回想起来，真是一个极好的例子。果然，要是没有波子夫人那样的年岁和阅历，不适合表现那种舞蹈所蕴含的深邃宗教意味，品子小姐毕竟还太年轻啊。”

沼田如此说道，矢木只是冷淡地念叨着：

“和日本舞蹈不同，西洋舞，就是青春的舞蹈。”

“青春？所谓青春也有各种各样的诠释嘛，波子夫人的青春，是已经消逝了，还是依然保留？这一点老师您应该最清楚不过了……”

沼田语气里略带有几分讥讽意味地说道，“或者说，是埋葬波子夫人的青春，还是让她焕发青春，不都取决于老师您吗？波子夫人的心还很年轻，这一点连我也知道。而且身体方面，从日本桥排练场时的情形看起来也……”

矢木扭向一旁，给北见斟起酒。

沼田也喝了一口酒，又继续说道：

“波子夫人要是只给女儿做陪练，教一些小孩子跳舞，可就太可惜啦。如果波子夫人能登台表演，想要拜她为师的人也会大大增多。对令千金也有好处。母女二人都是芭蕾舞姬，宣传起来肯定轰动，更方便推销她们啊。我跟波子夫人也这么提过，打算拍几张母女共舞的照片，可是没得到同意。”

“还算她有自知之明。”

沼田针锋相对道：

“其实是没有自知之明啊。登台表演的人都是这个样子……”

耳畔传来了圣伊格纳齐奥教堂的钟声。

“本来今天晚上难得老师邀约，我原以为是来商量波子夫人重返舞台、梅开二度的事情呢，这才忙不迭地赶过来。”

“唔，是吗……”

“因为除此之外，我还真想不出老师您会有别的什么事找我。”

沼田好像有些惊讶似的，眯起他那双大眼睛，“您就让她跳吧，老师。”

“是波子跟你提过这事吗？”

“是我极力鼓动她的。”

“真是添乱。就算四十多岁的女子还能跳，我跟你讲，也就能到下一场战争爆发为止，跳不长的。”

矢木含糊其词地应付了一句，接着便和北见主编聊起了其他事情。

晚餐的菜单是：前菜是甲鱼冻，盛在八寸长的杉木四方盘中[①]；腌乌鱼子；柿子卷；鲕鱼和贝柱的生鱼片；汤是以白味增酱汤打底，加入粟麸和银杏果；烧烤类料理是味增酱烧鲣鱼；蒸煮类料理是清蒸鹌鹑；凉拌菜品是根芋拌黑皮南瓜；外加还有鲷鱼什锦火锅，用一个偌大的容器端了上来。

沼田起身告辞，和众人打了声招呼，矢木看了看表。

“老师还用着这块表啊？时间不准了吧？”

“我用的表，从来都是一分不差。”

矢木打开了旁边放着的收音机，传出了声音：

“以上是《左邻右舍》[②]节目，本月的剧本作者是北条诚[③]。”

矢木给沼田看了看怀表。

“和七点的报时分毫不差吧？”

“下面播送新闻？”

---

①“八寸”是茶怀石料理的用语，指盛在八寸（24厘米）长度、杉木材质的四方形平盘中的料理，在会席料理中，八寸料理主要作为前菜、开胃菜。

②原文日语为“向う三軒両隣り”，是日本广播协会（NHK）制作的广播剧，表现了当时社会民主新制度和信旧思想混杂的社会面貌。于1947至1953年播出，共计1377回。因放送时间为每周一到周五的下午6点45分至7点，文中矢木才知道7点报时。

③北条诚（1918—1976），日本小说家、剧作家。曾师从川端康成。

收音机正继续播报着，被沼田一把关掉了，“关于朝鲜的吧？老师，斯大林自己说，‘我是亚洲人’，还说‘不要忘记东方’呢。”

四人乘坐一辆汽车，离开了幸田屋旅馆，北见主编在四谷见附站前下了车。

车子从赤坂见附开至国会议事堂前时，矢木对沼田说：

“刚才你说想让波子重返舞台，那香山君情况如何？他能复出吗？”

“香山？让那个废人复出吗？”

沼田摇了摇头。只是他太胖了，脑袋只能缓慢地稍微晃动一下。

“说成废人，太过分了吧。他现在在做什么呢？”

“作为舞蹈家来说，他就是个废人啊。听说他现在在伊豆乡下当旅游巴士司机呢。只是听说，我不清楚。对于那种远离尘世的人，我是不打算主动去招惹。”

说着，沼田又扭过头来，继续问道，“令千金，已经没有再同他来往了吧？”

“是的……”

“不过，这可说不准。”

高男突然没好气地插上一句。

沼田冷漠地说道：

“那可就麻烦了，高男少爷也好好劝劝你姐姐。”

“我姐有我姐的自由。”

“登台表演的人，可是没有自由可言啊，尤其是正处于关键时刻的年轻人……”

“当初极力撮合姐姐和香山先生的，不正是沼田先生你吗？”

沼田无言以对。

汽车沿着皇居的护城河，驶向日比谷方向。

矢木像突然想起了什么似的，说道：

“对了，我在京都旅馆里翻看照片杂志时，发现竹原君公司的照相机广告里，用了品子的照片。那也是你从中打点的吗？”

“不，应该是老的照片吧？是竹原先生还住在您家宅邸别院时候的吧？”

“是吗？”

“竹原先生他们公司，照相机和望远镜销路很好，生意貌似很红火啊。不知道能不能让品子小姐多去当当照相机宣传广告的模特啊。”

“这有点儿……太过分了。”

“这种时候，就过分一把试试嘛。只要波子夫人能跟竹原先生打声招呼……”

“波子不是已经……不和竹原君来往了吗？”

“是吗？”

沼田顿时不再吭声。

车子在日比谷公园背面的拐角处向左转弯，穿过了皇居的护城河。

这里正是波子和竹原乘坐出租车发生故障的地方，也是波子被理应身在京都的矢木吓得六神无主的地方。只不过这些都是五六天前的事了。

沼田在东京站告辞离开。矢木父子乘上横须贺线，一直到电车行驶至品川附近为止，矢木都沉默不语，接着他便睡着了。到了北镰仓，高男才把他摇醒。

圆觉寺[①]山门前的杉树林上方，月亮悬在空中。

父子二人背对月光，走在铁路旁的小路上。

“父亲，您累坏了吧？”

“啊。”

高男把父亲的公文包换到左手拿着，身子向矢木靠了靠。

长长的站台的栅栏影子落在小路上，走过站台，又轮到周围房屋篱笆墙的影子落在了铁轨上。小路变得更窄了。

“一走到这里，总感觉像是回到家了。”

矢木稍微停下了脚步。

北镰仓的夜晚，宛如山间的幽谷。

“你母亲怎么样？又说要卖什么东西吗？”

“啊？我不知道。”

“她不知道今天我回来吧？”

“嗯。父亲你的信是今天早上到的，我看收件人写的我

①位于神奈川县镰仓市山之内地区。

的名字，就装进口袋直接出门了……刚才在幸田屋，提前往家里打个电话就好了。”

高男的声音听起来有些沮丧，矢木则点了点头，说道：

“噢，没事。”

二人走进了小路右侧的隧道。山脊像伸过来的一条胳膊，隧道将山体挖掘打通，成了一条近道。

在隧道里，高男说道：

“父亲，在东大图书馆前立一座纪念阵亡学生雕像的事，大学方面应该不会同意。见到您后，我本来想说这件事的。雕像已经完成了，预计十二月八日举行揭幕仪式的，可……”

“唔……之前好像也听说过。”

“我之前跟您提过。还收集了阵亡学生的日记出版成书，出了两本，书名叫《遥向山河》和《聆听吧！海神之声》①，还拍了电影呢。借用‘不要重复海神之声’，也就是不要让悲剧重演的意思，纪念像也是命名为‘海神之声’，这也和‘No More Hiroshima’（不要让广岛悲剧重演）有相通之处，是和平的象征，又饱含着悲哀和愤怒……”

“唔，那大学方面的意思呢？”

①两本书均实际存在，分别是《はるかなる山河に——東大戦歿学生の手記》（1947年）和《きけわだつみのこえ——日本戦没学生の手記》（1949年），为东大学生自治会战殁学生手记编辑委员会编纂，东大协同组合出版部出版。

“好像是不允许。日本阵亡学生纪念会上，听说学校拒绝接受赠送的纪念像……拒收的理由据说是：那个纪念像不仅是面向东大学生，也面向一般学生和社会公众，按照东大的惯例，校园里设立的纪念像，只限于在学术或教育领域做出巨大贡献的人物。也许是那个纪念像的意义太过沉重了，所以才不允许立在校园里吧。雕像的象征意味也得随着时势变化，万一哪天又要送学生上战场了，在大学里面立着一座带有反战思潮的阵亡学生雕像，学校方面也挺难办的吧。”

“唔。”

“不过，我认为把阵亡学生的墓碑建在他们灵魂故乡——也就是校园里，非常合适。好像牛津大学、哈佛大学里都有这种纪念碑。”

“是啊……看来阵亡学生的墓碑，在高男你的心中已经立好了。”

隧道出口处，有水滴从山上落下。除了水滴溅落的声音外，二人还听到了华丽的舞曲声。

“在排练呢，每天晚上都练吗？”

“是的。我先过去，通知她们一声。”

高男说完便飞奔过去，跑上了排练场。

“我回来了。父亲也回家啦。”

“爸爸？”品子回应道。

波子身着排练服，正要再披上一件外套，突然脸色煞白，差点儿跌倒在地。

“妈妈！妈妈！”

品子抱住波子，撑住她的身体以免摔到。

“妈妈，您怎么了？妈妈！”

她搀扶着母亲，向墙边的椅子走去。

波子闭着双眼，把头无力地埋在女儿胸前。品子挨着她坐在了另一把椅子上。

品子用外套包裹住母亲的身子，左手贴在母亲的额头。

“这么冰凉！”

品子穿着黑色紧身裤，脚上穿一双芭蕾舞鞋。她的练功服也是黑色的，短短的下摆露出修长的双腿，衣服的裙边带着几分轻柔的褶皱。

波子则穿着白色的紧身裤。

“高男，把唱片机关掉……”

品子说道，“都是被你给吓得。”

高男也凑近来端详着母亲的脸，说道：

“我才没有吓人呢。没事吧？”

他又看向品子，姐姐眉宇紧锁，微微蹙起的眼睑让他想起了那尊兴福寺的沙羯罗像，果然很是相似。

品子的头发紧紧束起，用一条缎带扎了起来。因为排练时会出汗，无论是姐姐还是母亲，都没有上妆的痕迹。

品子因排练而泛红的面颊，又因为惊慌失措变得惨白，反而显得面庞晶莹澄澈，透出光泽。

波子缓缓睁开了眼，说道：

“没事了，谢谢。”

她想撑起身子坐直，却被品子抱住。

“再躺一会儿吧……要不要喝点儿葡萄酒？”

“不用，给我接杯水就行。”

“好的。高男，去倒杯水来。”

波子用掌心揉了揉额头和眼睑，端坐了身子，说道：

“刚才我旋转小跳完毕，正准备站定做阿拉贝斯克舞姿[①]的时候吧，结果高男突然闯了进来……眼前一阵眩晕，有点儿轻微贫血吧……”

“现在没事了吧？”

品子说着，把母亲的手放到自己胸口前，“我也是吓得心怦怦直跳呢。”

“品子，去接你爸爸吧。”

“好的。”

品子看了看母亲的脸色，接着麻利地在练功服外套了一条长裤，上身穿好毛衣，解开了头上的缎带，用手指将头发松散开来。

矢木在高男跑开后，依然不紧不慢地踱步前行。

隧道穿过的山头上，长着一片修长挺拔的松树林。方才还悬在圆觉寺杉树林上空的月亮，此刻已经移到了这片松树的上方。

---

①芭蕾舞中一种标志性的舞姿，舞者靠一只腿站立，将另一只腿从身体后方延伸，并与上半身形成柔和的弧线。

扬言要跟沼田决斗的高男，以及力挺阵亡学生纪念像的高男，两者究竟是一致统一的，还是分裂开来的呢？父亲因深感不安而步履沉重。

矢木现在的家，原本是波子娘家的别墅，也没有大门。入口处有一小株山茶花在盛开绽放。

芭蕾排练场在主屋和别院的正中间，削掉后山的岩石后建在上面的，地势比周遭都高一些，仿佛居高临下地俯视整座宅邸。主屋和别院现在都灯火通明。

“我们家的电费好像不要钱似的。”

矢木嘟囔了一句。

夜醒·觉醒

矢木从京都回来的第二天清晨，吃早饭时，唯独他面前放着一整只具足煮[1]伊势龙虾。矢木没有动筷，波子便问说：

“不吃虾吗？”

“唔……麻烦。”

“麻烦？”

波子显得一脸惊讶，说道：

“我们昨晚都吃过了，这是剩下的，真是抱歉。不过……”

“唔，我是嫌剥壳麻烦。”

矢木说道，低头瞧着面前的龙虾。

波子微微一笑，说道：

“品子，替你爸爸把虾壳剥了。”

①日本龙虾的一种传统烹饪方法，将伊势龙虾切大块炖煮。“具足”有武具、甲胄之义，因煮成后龙虾壳看起来像武士的盔甲一般而称为“具足煮”。

“好的。”

品子将自己的筷子调转方向，用筷尾夹住虾身。

“手真巧啊。”

矢木看着女儿手上的动作，说道，“用牙把龙虾连壳一起嘎嘣咬碎，倒也是痛快，不过……”

“让别人去了皮，就没那个滋味了吧？好了，虾壳剥好了。”

品子抬起头来说道。

矢木的牙齿倒没有坏到连龙虾壳都咬不动的地步。而且，就算不用牙咬、那么不雅观，也可以用筷子去壳啊，连这矢木都嫌麻烦，波子感到颇为意外。

难道，真是因为上了岁数的缘故？

餐桌上还有烤紫菜片，以及矢木从京都带回来的高野冻豆腐和煮豆腐皮，就算不吃龙虾也足够了，但矢木似乎真的是嫌麻烦。

是因为外出多日总算回到家里，精神放松、身体懈怠下来了吗？矢木看起来有些无精打采、萎靡不振的样子。

还是说因为昨天夜里太过疲劳了？想到这里，波子只觉得脸上发烫，便低下头来。

然而，这份羞赧只是片刻之间，低下头时已是心底冰凉。

波子昨晚睡得很好，今早起来时，感觉神清气爽，身子骨也灵活舒畅。

大概是到了“三寒四温”中转向暖和的时节，今天早上是最近几天难得一遇的“小阳春”天气。

由于一直在排练芭蕾，运动量很大，波子的食欲向来不错，但今天早上却觉得连饭菜的味道都和平常不一样了。

意识到这一点，波子顿时就没了胃口。

“今天难得见你穿起和服了。”

矢木对波子的心理活动一无所知，继续说道，“京都到底是京都，有很多人身穿和服。”

“应该是吧。”

“爸爸，今年秋天，东京也开始流行起穿和服了。”

品子说着，看向母亲身上的和服。

波子倒不是为了迎合潮流，难道自己穿和服是为了给丈夫看的吗？想到这一点，波子对自己都感到惊讶，同时嘴上说道：

“听两三天前来的和服店老板说，战争刚打起来的时候，漆染和扎染的和服都卖得特别好。”

“说起漆染和扎染，都是高级货吧？”

“毕竟扎染的要五六万呢。”

“哦？你要是能留到现在再卖就好了，卖得太早啦。”

“旧衣服已经不行了，不值钱了，价格跌得不成样子。”

波子仍然低着头说道。

“是吗？因为现在新品可以随便买了啊。限制一解除，什么匠心独运啦、品质高端呀，和服店就针对女人的虚荣心，开始钻空子了。”

“是啊，不过之前战争刚开始时就流行漆染和扎染，现在这些和服又变得好卖了，怕是……”

“怎么会？战争又不是因为漆染、扎染的和服才开打的。上次流行是因为战争刚开始时带动了经济；这次流行，大概是因为打仗时间太久，大家长时间穿不上这些东西吧。要是把奢侈的和服当成战争的前兆，正好体现了女人的浅薄，简直像漫画里的故事一样啊。”

“男士的穿衣打扮也有了很大变化。”

“是啊，不过像帽子什么的大多买不到好东西，主要卖的都是些夏威夷衫之类的。”

矢木端起茶杯，继续说道，“那顶我喜欢的、捷克产的帽子，你当时也没有好好确认清楚，就送去一家干活儿随便的洗衣店，结果被他们用水给洗了，丝绒全给洗坏了。”

“因为那时候战争刚刚结束……”

“就是想买，现在也买不到啦。”

“妈妈。”

品子叫了波子一声，“文子——我学校的同学，您还记得吧？她来信说想向我借一套晚礼服，准备圣诞节晚会上穿。”

“圣诞节？她这么早就开始做准备了呀。”

“就是说啊，真有意思，她说什么做梦梦到我了……说梦里我有好多好多洋装，衣橱里淡紫色和薄粉色的衬衣挂了满满一排，有三十多件……镶的蕾丝花边可漂亮了。还说我另外一个衣橱里挂的全是裙子，清一色的雪白，还有漂亮的花纹呢。”

“裙子也有三十条吗？”

“她信上写的是裙子有二十多条，还都是崭新的。她说做了这样的美梦，所以想着我可能真的连晚礼服都有好几套，所以想借一套来穿。还说这是梦的启示……”

“可是，梦里不是没有晚礼服吗？”

“对，全是衬衣和裙子。因为她见过我穿各式各样的服装在舞台上跳舞，所以就错以为我自己也有很多洋装吧。”

“是吗？”

“我给她回信说，在后台自己都是光着身子的。”

波子沉默着点了点头。刚才还神清气爽的，现在脑袋又变得昏昏沉沉、浑身乏力了。果然是昨天晚上和外出归来的丈夫小别新欢，累到了吧。

波子觉得很难为情。

矢木若是长时间外出几天，回家的当天晚上，波子就会没来由地拾掇整理起东西，迟迟不愿就寝。

“波子，波子。”

矢木叫道，“你在洗什么啊？要洗到什么时候？都快一点了。”

“嗯，我把你旅途中的脏衣服洗完。”

“明天再洗不行吗？”

“我不想把衣服从包里掏出来、团成一团扔在那儿……

明天早上要是被女佣看到了多不好……”

波子赤裸着身子，洗着丈夫的贴身衣物。对于自己的这个模样，她心中隐隐生出一种罪人的感觉。

浴缸里的水已经不太热了。但波子仿佛故意要泡在这半凉不热的水里似的，冻得下巴直打寒战。

等穿上睡衣照镜子时，身子还是止不住地哆嗦。

“怎么搞的？泡个澡反而泡凉了……”

矢木惊讶地说。

近些日子，波子在压抑自己，而矢木将一切看在眼里，却装作毫不知情的样子。

波子感觉在被丈夫审视调查，但自己的负罪感仿佛有所缓解。她陷入这些纠缠变幻的空虚中，被摇来晃去，接着紧闭的双目中仿佛能看见金环在转动，燃成赤红。

以前曾有一次，波子将脸紧贴在丈夫胸前，说道：

“我看见一个金色的圆环在呼呼地转圈，眼睛里变成一片通红，我还以为要死了。这样下去没事吧，我是不是精神错乱了？”

“没有错乱。”

“真的吗？好可怕呀。你怎么样？和我一样吗？”

她依偎在丈夫身上，撒娇般央求道，“快告诉我……”

矢木冷静地回答她。

“真的？那就好……我太开心了！”

波子哭着说道。

“不过，男人似乎没有女人那么强烈。”

“是吗？怪我不好。抱歉。”

如今回想起那段对话，波子就觉得年轻时的自己太可怜，不由得眼含泪珠。

现在波子有时也会看到金环和赤红，但并不是每次都会出现。并且，她也不再那么天真。

现如今那已经不再是幸福的金环。事后随之而来的，是啃噬胸口的悔恨和屈辱。

“这是最后一次，绝对。”

波子讲给自己听，为自己找借口开脱。

可是回想起来，二十几年间，波子从来没有明确地拒绝过丈夫，一次都没有。当然，她自己不曾主动索求过，一次也没有。这是何等的怪事啊！

男人和女人的差异，丈夫和妻子的差异，简直大到可怕！

女人的谦卑、女人的娇羞、女人的温顺，这就是被日本那无可救药的因循守旧所禁锢的、女子的标识吗？

波子昨天夜里突然醒了过来，就伸手在丈夫枕边摸索，按了那只怀表。

先是报时三点，接着又“叮铃……叮铃……叮铃”地响了三回，看来现在的时间大约是三点四十分到五十五分之间。

高男说，这只怀表的鸣铃就像个小八音盒，而矢木曾说：

“这声音让我想起北京人力车上的铃铛。当年我常乘坐的那辆车子，铃铛的声音就跟它似的那么好听。北京的人力车，车杆向前伸得很长，铃铛在最前头，一跑起来，铃铛的声音就像从远处传来的一样。”

这块怀表也是波子父亲的遗物。

母亲听到那铃声就会思念起父亲，原本不舍得送人，可矢木硬是讨要了过来。

波子想到，如果像今天夜里，年迈孤独的母亲在萧瑟的风声中醒来，按响这只怀表，听着当年与尚在人世的丈夫一起在枕边聆听过的悦耳铃声，母亲该是多么睹物思人、怀念过去啊！

如同高男从怀表的铃声中想到父亲一样，波子也想到了自己的父亲。

这只怀表用了好多年，早在高男出生之前，自波子还是少女时期就开始使用了。

如同怀表的铃声勾起高男孩童时期的回忆一样，身为母亲的波子，也借由铃声想到了自己的年幼时光。

波子又伸手摸了一下怀表，这次把它放到了自己的枕头上，按出声响。

“叮叮叮……叮铃……叮铃……叮铃”

随后，她听到了后山寒风呼啸、松涛阵阵。

房屋前那片高耸的杉木林中，似乎也有风声拂过。

波子背对着矢木，双手合十。尽管屋子里一片漆黑，她还是把手藏进被窝才合上双手。

“真是没出息啊。”

自己上回和竹原站在皇居前广场时，恐惧着远在他乡的丈夫。昨天晚上，突然听到丈夫归来，竟然犯起了贫血。尽管如此，波子不为人知的抵抗，还是被巧妙地化解了。

现在，波子就是为此而合掌，但又不止于此。她的心里，还荡漾着对竹原的一丝嫉妒之情。

刚才入睡之前，波子也在嫉妒着竹原，连她自己都颇为吃惊。

对于外出多日刚刚返家的丈夫，波子既无疑心，也不嫉妒。这也未尝不可。但是作为一个女人，在不情不愿地配合丈夫之后的悔恨中，波子却没有嫉妒丈夫，而是意想不到地嫉妒起竹原。那鲜活的嫉妒中，有一丝令她感到窒息的快慰。

现在夜半时分醒来，那份嫉妒又在摇曳荡漾，波子双手合十，喃喃自语道：

“居然对一个未曾谋面的人……”

这个人就是竹原的妻子。

在不被别人看见的地方双手合十，是波子跳过《佛之手》舞蹈之后养成的毛病。

《佛之手》以双手合十开始，以双手合十结束。整个舞蹈过程中，在各式各样的佛手姿势的间隙，都穿插着双手合十的动作，并且手腕舞动的各种组合也都由双手合十动作收尾。

“……你们夫妻之间到底有没有嫉妒情绪？你们彼此表现得波澜不惊，但在旁人看来总感觉有点儿瘆人。”

这是竹原说过的话，当时波子虽然回以沉默，但内心却嫉妒得颤抖。那份嫉妒并非冲自己的丈夫，而是冲着竹原。没能涉足关于竹原家庭生活的话题，让波子心焦急躁。

然而，波子万万没有想到，自己半夜醒来后——从迎接丈夫回家后的夜晚中醒来后，竟然还在嫉妒竹原的妻子。难道是丈夫把波子作为女人的一面唤醒后，她也觉醒了对其他男人的嫉妒之情吗？

“我不是罪人啊，我不是罪人。”

波子双手合十，喃喃自语道。

可是，自己的负罪感，是出于对丈夫，还是出于对竹原而产生的，波子也不甚清楚。

她向着远方双手合十，向竹原致歉。波子的心自然而然地也飞往他那里。

“晚安，你是怎么入睡的呢？在什么样的屋子里？我从没见过，我都不知道。”

接着，波子又进入了梦乡。这次深沉的睡眠，是丈夫带给她的。

今天早晨醒来后，她感觉神清气爽、周身舒畅，也是这个原因。

波子今天起得比平时要晚些，早饭也迟了一会儿。

“父亲，您今天上午有课吧？差不多该出门了……”

高男像催促父亲般说道。

“嗯，你先走吧。”

“是吗？我也可以请假不去的……”

“不行。”

高男正要起身离开，矢木叫住了他，“高男，昨天晚上说的阵亡学生纪念像，学校是不是害怕它的思想上的背景原因？”

品子也离席到厨房给女佣去帮忙了。

波子对正在看报纸的矢木问道：

“要喝咖啡吗？”

“嗯，早上不是在饭前，就不想喝了。”

“我们，今天是东京那边的排练日，也要出门……”

“‘我们的，排练日’，我知道。”

矢木的语气带着几分挖苦，继续说道，“啊，那就让我好好地在家待着，优哉游哉地晒晒太阳好了。”

位于主屋和别院之间的排练场，本来是建来给矢木作书库的。为了兼具书斋和阳光室的功能，朝南一侧是整面的玻璃窗，装了厚实的窗帘。

把那边的书架收拾掉后，正好可以当作芭蕾舞排练场。

矢木也许是上了年纪的缘故吧，更喜欢在铺着榻榻米的和式房间里读书写作，也就没有反对把那里改成女儿的排练场。

不过，矢木说晒太阳，还是要待在原本的书库里晒太阳的意思。

波子听了矢木的出言挖苦，莫名感觉有些难以离席，就在此时，矢木放下手中的报纸说道：

“波子，你去见过竹原君了吧？”

“见过了。”

波子回答的声音听上去像是稍显理亏。

“是吗？”

矢木一脸平静，漫不经心地问道，“竹原君，他还好吧？”

“挺好的。”

波子盯着矢木的脸，目光无法移开。一旦将注意力放在自己眼睛上，总感觉眼眶中要渗出泪水，让她想要眨一下眼睛。

“是应该挺好的啊，听说他靠着卖望远镜还有照相机，生意很好嘛。”

“是吗？”

波子的声音似乎有些嘶哑，她清了清喉咙，重新说道，“我倒真没听他讲过这些……”

“他跟你不谈生意上的事，从以前到现在一直不都是如此吗？”

“嗯。”

波子点了点头，移开了视线。

透过镶在纸拉门上的玻璃向外望去能看到庭院，杉树的影子落在院子地上，是树梢的影子。

从后山跑下来的三只竹鹧鸪踱来踱去，时而躲进树影里，时而跑到太阳底下。

波子怦怦的心跳刚刚稍微平复一些，从心头到全身又变得僵硬起来。

然而，她觉得丈夫的表情中似乎带着一种温和的怜悯。波子望着院子里的野鸟说道：

"说不准哪天要把别院卖掉，竹原先生既然在那儿住过一段日子，所以我就想事先跟他说一声……"

"唔，是吗？"

接着矢木便不再言语。

波子想起自己曾跟竹原说过的，一旦同矢木谈什么事，他只会照例"唔"上一声，装出一副深谋远虑的样子，内心却暗自打起小算盘。

果然他现在又开始"唔"了，本来是件可笑的事，可波子却难受起来。自己竟然在竹原面前把丈夫如此贬低，真是可耻又可憎。

"不过，你考虑得也太周到了吧。"

矢木笑着说道，"虽然说竹原君之前在别院住过一段日子，难道要卖别院的时候还得寻求他的谅解吗？这算哪门子莫名其妙的礼节？"

"并不是要寻求他的谅解。"

"唔，那就是说你对竹原君觉得过意不去吗？"

波子像被针刺了一下。

"算了，别院的事，我不同意。以后再说吧。"

矢木反倒像是安慰波子似的说道，"再不出门，排练要迟到了吧？"

波子在电车上也一直魂不守舍的。

“妈妈，你看，可口可乐的车子……”

听到品子跟自己讲话，波子向窗外看去，只见一辆红色车厢的货车从旁驶过。

快到保土谷车站时，在长满枯草的小土堆上，一块警察预备队[①]的招募广告牌映入了波子眼帘。

往返东京时，矢木一直是乘坐横须贺线的三等座。

因此，波子也乘坐三等座，不过有时也会乘二等座，她有两种车票，三等座的月票和二等座的计次车票[②]。

品子平时排练运动量大，演出又至关重要，为了不让她太劳累，母女二人一起时，一般都乘二等座。

平常在进入二等车厢之前，波子都会不经意地看一下三等车厢是否人多混杂，但是今天直到品子跟自己说起“可口可乐的车子”之前，波子都没有意识到已经身处二等车厢了。

品子是个多数时间都寡言少语的姑娘，在电车里也不太主动说话。

波子连旁边的品子也忘了，从自己的遭遇想到别人的遭遇，胡思乱想个不停。

波子毕业于一所在旁人口中堪称奢华的女子学校，身

---

①警察预备队是日本在盟军占领时期的陆上武装部队，1950年组建，1952年改称保安队，1954年改称陆上自卫队。警察预备队同时具有军事组织和警务机构的色彩。

②一种优惠车票，如在一定区间内一次支付十次的票钱，可凭票乘坐十一次。不同铁路公司、不同时间段优惠方式或有所区别。

边好多同学都嫁入了富家或名门。那些家庭多数都因战败而急剧衰落，这些千金又不曾操心过家里的吃穿用度，人到中年，更容易因旧式道德观念的动摇而陷入混乱。

也有不少同学与波子矢木夫妻的情况一样，不指望丈夫养家，仅凭妻子娘家的补贴来糊口。但是这些夫妇也大多失去了安定的生活。

“每一桩婚姻都是非凡独特的……哪怕是两个平凡人，结合在一起，婚姻也可能变得非凡。”

波子对竹原讲过的这句话里，包含了她看到自己那些同学的经历后得出的真情实感。

守护夫妇婚姻生活的旧藩篱和基石已经土崩瓦解，原本的非凡打破了平凡的外壳，开始显现出来。

常言道，比起自己的不幸，人们总是通过他人的不幸而学会认命。但波子学会的不仅仅是认命而已，她还通过对他人命运的惊叹，觉醒了对自身处境的认识。

波子有位朋友，爱上了丈夫外的其他男人，和这个男人分手后，拜其所赐，才终于体会到与自己丈夫的婚姻之乐。还有一位朋友，因为找了一个二十多岁的情人，对待自己的丈夫也重燃起年轻时的激情，可是一旦同那个年轻男子疏远，对丈夫也就变得冷淡了，由此反而引起丈夫的怀疑，她只好又和年轻男子死灰复燃，再像之前一样，从别处的源泉汲取爱情倾注给丈夫。这两位朋友的丈夫，都没有觉察到自己妻子的秘密。

战前，波子的朋友们哪怕聚在一起，也不曾对这些话题敞开心扉畅所欲言。

电车驶出横滨后，波子说道：

“今天早上，你爸爸不是根本没碰龙虾嘛，会不会因为是剩下的才……”

“不会的。”

“我现在想起来一件事，那时候我们刚结婚没多久，有一次端出点心招待来客，客人走后，你爸爸伸手就要抓来吃，我说了一句‘人家剩下的东西别碰了’，语气可能有点儿冲。你爸爸当时的表情就有些古怪。不过仔细想想，如果把点心分别盛在小碟子里，一人一碟，客人吃剩下的就总感觉不大干净，但如果统统盛在一个大盘子里端上来，即使有剩下，感觉也不一样了，真是奇怪呢。我们的习惯呀、礼仪里，这种事情有好多哟。”

“是啊。不过，龙虾应该是另一码事，爸爸应该是想稍微跟您撒个娇吧。”

波子在新桥站和品子分开，转乘地铁去了位于日本桥的排练场。

从前年开始，品子加入了大泉芭蕾舞团，隶属于该团的研究所。

波子虽然也教芭蕾，但为品子的前途着想，还是让女儿离开了自己身边。

品子常去日本桥的排练场。她偶尔也会在北镰仓的家里，代替母亲指导别人排练。

但是波子却几乎不想去女儿所属的研究所那里。大泉芭蕾舞团公演的时候，她也尽量不去后台露面。

波子的排练场位于一栋小楼的地下室。

矢木让别人帮他剥虾壳，是出于撒娇的心情。波子回想着品子的话，一边思索原来还能有这种看法，一边向地下室走去。

波子透过玻璃门看见助手日立友子在用拖把擦地，便停住了脚步。

友子穿着件黑色外套，没有换衣服就开始干活儿了。外套的领口是老式的开襟设计，下摆没有外翘设计，也比较短。她比品子矮，所以波子把这旧外套送给她时，觉得下摆不会过于不合身，但看起来还是显得有些过时。

“辛苦了。来得真早啊。”

波子说着走了进来，“天气冷，把暖炉打开吧。”

“早上好。活动起来身子还热呢。”

友子像是才意识到自己还没换衣服，便把外套脱了下来。

她身上穿的毛衣是用旧毛线重新织的，裙子也是品子穿过的旧衣服。

友子的舞蹈，无论姿态还是动作，都比品子更胜一筹，有种轻柔优雅的美感，让她只当个排练助手委实可惜，波子曾劝她跟品子一起，加入大泉芭蕾舞团，品子也邀请过她，但友子自始至终都表示，想留在波子身边。似乎不仅仅是出于知恩图报的心理，仿佛能为波子尽力奉献，才是她的幸福所在。

品子登台表演的日子，友子也是寸步不离，帮她化妆、换衣服，忙前忙后，无微不至。

友子比品子年长三岁，今年二十四。

她原本是一双单眼皮，但有时候会变成一副疲惫模样的双眼皮。

在煤气暖炉前，友子接过波子脱下的外套。今天友子变成了双眼皮，波子心想，刚才她是不是边哭边擦地板呢。

“友子，你……是不是有什么烦心事？”

“是的。我之后会跟您讲的，今天就不……”

“是吗？那等你方便时再说吧。不过，还是早点儿说出来好。”

友子点了点头，然后去对面换了排练服又过来。

波子也换好了排练服。

两人手抓着把杆做下蹲屈膝（Plié）动作，但友子今天却和平时不太一样。

从早上开始就冷雨绵绵，这天是波子在自己家里排练的日子，上午她重新缝改品子的旧衣服，为了给友子穿。

住在镰仓、大船、逗子一带的姑娘们放学后会来家里练芭蕾舞，一共二十五人，用不着分组，而且从小学生到高中生都有，年龄不同，来的时间也有先有后，波子教课很是困难，总感觉徒劳无功，但学生的人数不断增加，多多少少能有些收入。

不过在家授课的日子，晚饭就要推迟。

“我回来了。”

品子登上排练场，取下裹在头上的白色毛线围巾，“好冷啊。听说东京从昨天晚上开始就一直是雨夹雪，到了今天早上，屋顶和院子里石头都变白了……我和友子姐一块儿回来的。”

“是吗……”

“友子姐来研究所找我呢。”

“老师，晚上好……今天也想来见您……”

友子站在门口说道，跟波子打过招呼后，又向学生们问好。

“晚上好。”

“晚上好。”

姑娘们也向她问好，大家都认识友子。

见到品子过来，有些姑娘眼睛里闪着兴奋的光芒。

“友子，你先去泡个热水澡、暖和暖和身子，跟品子一起去。我这边还有一会儿就结束了。”

波子说罢便重新面向学生们，而友子凑到她后面说道：

“老师，请让我也跟着一起练吧。”

“那你替我教一会儿吧……我去看一下你们的晚饭准备得怎么样了。”

母女二人沿着从天然岩盘中开凿出的台阶走下去，品子悄声说道：

“妈妈，友子姐好像有什么心事。今天您没去东京，感觉她有些寂寞、不知如何是好的样子呢。”

“一个星期前就感觉她有什么心事了，今天应该就是来找我详谈的吧。”

“什么事情？”

“还没问，我哪知道。”

“再给她一件我的外套可以吗？”

“可以呀，给她吧。”

波子下了两三级台阶，又说道，“我没能好好照顾她，明明友子家里只有两个人相依为命……”

“和她母亲是吧……友子姐的母亲也在工作吧？”

“对。”

“把她们娘俩都接到咱家来照顾，怎么样？”

“事情哪有那么简单。”

“是吗？刚才在回家的电车上，友子姐偶尔一脸悲伤地望着我呢。虽然我脸上裹着围巾，但是网眼很大，透过毛线的缝隙，能觉察到她在看我。不过我装作没发现的样子，由她看来着。”

“就因为你总是这个样子……”

“她一直盯着我的手看呢。”

“是吗？她大概是觉得你的手好看吧。”

“不是的。她看的时候，目光是那么悲伤。”

“可能是因为她自己悲伤，就会想盯着她觉得好看的东西吧。待会儿你问问友子好了。”

“这种事，哪能问出口……”

品子停下脚步站住了。

两个人已经下到了庭院，雨变小了。

“之前看过一幅什么画来着，是日本的美人画，面庞画得很大，用漂亮的工笔画法，把上睫毛画得很长，伸到眼睛里去，几乎要伸到黑眼珠了……”

品子停顿了一下又说道，“看到友子姐的眼睛，我就想到了那幅画。”

“是吗？友子的睫毛没有那么浓密吧。”

“她垂下眼睛的时候……上睫毛的影子就映到了下眼睑。”

听到练舞的脚步声，波子抬头向上望去，说道：

“品子，你去陪着她吧。”

“好的。”

品子步履轻盈地沿着被雨淋湿的石阶拾级而上。

晚饭前，品子带友子一起去浴室，友子刚脱下外套，品子又把另一件外套从后面披到了她的肩膀上。

“把手伸进袖子里试一下。”

友子此时还穿着排练服。

“要是合身，友子姐你就穿着吧。”

友子听了一惊，缩起肩膀，说道：

“哎呀！不行，这怎么行。”

“为什么？”

“我不能要的。”

“我跟妈妈也已经说好了。”

品子利索地脱掉自己的衣服，进了浴室。

友子随后也跟着进来，抓着浴缸的边缘问道：

“矢木老师，已经洗过了吗？”

“我爸爸吗？应该洗过了吧。”

“您母亲呢？”

“在厨房。”

“让我先泡澡，多不好意思，我用水冲一下就行了。”

“没关系的，这种小事……天那么冷，泡一下暖和。”

“我不怕冷……也习惯用凉水擦汗。”

“跳完舞之后可……”

可能是品子在浴缸里浸得太深了，发梢被弄湿了，她甩了甩发尾，又用手顺了一下头发，说道：

“我家的浴室太小了。东京那座被烧掉的研究所，里面浴室可宽敞、可好了呢，淋浴间都能跳舞，小时候我不是经常光着身子学你跳舞嘛？还记得吗？”

“记得。”

友子机械地回复了一句，突然蜷缩身子，像是慌张地躲藏起来似的浸进了水中。接着，她用双手掩住了面庞。

“等我盖自己的房子时，也要建一个大大的浴室，舒舒服服的……到时候说不定还能在里面学学跳舞呢。”

“那个时候，我的皮肤就黑黑的，一直都羡慕品子你……”

“不黑呀，应该说是别有韵味的肤色吧……”

“哎呀！”

友子听到有些害羞，然后不知怎么地抓起品子的手端详起来。品子有些吃惊地问道：

“怎么了？”

“没怎么。”

友子说着，把品子的一只手放在自己的左手掌心上，右手捏起品子的手仔细瞧着，接着把品子的手翻了个面，又端详起掌心。轻柔地抚摸了一下，又马上放开。

“真是宝贝啊，一双具有优雅灵魂的手呢。”

“讨厌呢。”

品子把手藏进了水里。

友子从水中伸出自己的左手，把小拇指贴近唇边，说道：

“是这样的吧？”

“哦？”

友子已经又把手沉入水里，说道：

“在电车里……”

“啊，这样？”

品子说着，举起自己的右手，稍稍迟疑了一下，然后用食指和中指的指尖，轻轻触到嘴唇的斜下方，“是这样吗？

中宫寺的观音菩萨……还是广隆寺的观音菩萨……”

“不对。不是右手，是左手哦。”

友子说着，但品子已经将左手的无名指指尖抵在拇指指腹，摆出不知是观音、还是弥勒佛的手势了。

就这样，品子的表情也自然而然地陷入神佛的思维之中，微微颔首，静静地闭上了双眼。

友子差点儿“啊”的一声叫出来。

然而，转瞬间品子又睁开了眼睛，说道：

“不是右手吗？不用右手太奇怪了啊。”

她看着友子，继续说道，“广隆寺里的另一尊观音菩萨，手型很像中宫寺菩萨的手指，是皇家收藏的金铜佛像，那尊大头如意轮观音，手指就伸得直挺挺的，就像这样。”

品子说着，又随意地用右手指尖抵到右下颌，“这是模仿妈妈的舞蹈动作时记住的。”

“不是佛像的姿势，而是品子你自然做出的手势，左手像这样……”

友子又像刚刚那样，用左手的小拇指贴近唇边。

“啊，这样……”

品子也照着她的手势学起来，“神佛用了右手，那人就用左手了吧。”

说着笑了起来，出了浴缸。

友子还在热水中泡着，说道：

“是啊。人在想事情的时候，好像更多是用左手托腮吧……回来的电车上，你就是做了姿势，手背白皙，掌心也粉嫩得像樱花一样闪闪发光，衬得嘴唇更迷人了。”

“你讨厌呢。”

“真的，嘴唇粉嘟嘟的，就像花蕾一样。”

品子低下头，洗起了脚，接着说道：

“可能一直都是这样吧。就连这个手势，也许是在无意间模仿了妈妈的舞蹈动作。”

“品子，你再做一次广隆寺佛像的手势……”

“这样吗？”

品子挺起胸脯，合上双眼，将拇指与无名指圈成环状，缓缓贴近脸颊。

“品子，你跳个《佛之手》舞蹈吧，我来跳朝佛礼拜的飞鸟时代少女。”

“不行啊。”

品子摇了摇头，从佛像的姿势中恢复成平常，说道：

“那尊观音菩萨，胸是平的，没有乳房啊，不是个男的吗？——没有拯救女人的意愿……”

“啊？”

“在浴室里模仿神佛的姿势，真是大不敬，以这样的心境跳不来《佛之手》舞蹈。”

“啊。”

友子如大梦初醒般走出浴缸，“我可是在认真地拜托你呢。”

“我也是，认真地说这话的。”

“那倒也是。不过，我真想你能跳那支舞给我看啊。”

“嗯……至少等我稍微有了点儿佛心之后再说嘛。日本的古典舞也是，等什么时候想跳了，也……”

“等什么时候可不行，说不定明天就会死了呢。”

“谁明天会死啊？”

“人嘛……”

“是啊，真是拿你没办法呀。要是明天就会死的话，今天晚上就在浴室里，稍微模仿比画一下，权当跳了《佛之手》吧。”

“是吧。如果不只是模仿比画一下，而是真心想跳就更好了。就算明天死了也……”

“明天不会死的。”

“说到‘死’，只是打个比方嘛，说‘明天’也是……”

“今日不知明日事……[①]”

品子刚说半句便闭口不言，望着友子。

在她眼前，是友子那活色生香的裸体。虽然和品子比起来，友子肤色稍黑，但在品子看来，友子的肤色，在不同

①此处日语原文为“夜半に嵐の……”，出自日本佛教净土真宗初祖——亲鸾圣人（1173—1262）所咏的和歌：“明日ありと思う心の仇桜夜半に嵐の吹かぬものかは”，意为“不要以为樱花明日依旧绽放，哪能保证不会夜半狂风起，将其尽数吹散”，表达人生之事不可预测。

部位有着微妙的变化和深浅浓淡之别，比如，脖颈处是小麦色，胸前隆起的双峰，从根部向顶点逐渐变得白皙，心窝处又略微显出深色。

“刚才你说——没有拯救女人的意愿，是真心话吗？”

友子嘀咕道。

“谁知道呢？反正倒也不是玩笑话。”

“咱们两个来跳《佛之手》吧，让我也来跳一下……虽然你母亲的《佛之手》是独舞，但我觉得再加一个顶礼拜佛的少女也无妨嘛。请作曲家稍微添加几处旋律……”

“有拜佛舞者的话，佛之舞还能轻松点儿呢，更容易糊弄过去了。”

“别说什么糊弄过去……虽然我也没什么信心，自己的拜佛伴舞到底会对品子你的《佛之手》造成破坏，还是能锦上添花，但是我们两个人一起，竭尽全力编排好这一段少女拜佛的舞蹈吧。再请你母亲指教……”

品子有点儿被友子的气势给震慑住，说道：

“就算是跳舞，被顶礼膜拜也实在是不好意思，真的是……”

“我就是想跳向品子你顶礼膜拜的舞蹈，作为青春时代友情的纪念。”

“纪念？”

“对，作为我的青春的纪念。就连刚才，你闭上双眼，我都感觉品子你的眼睑就是菩萨的眼睑呢。就这样最好。”

虽然友子赶忙如此解释道，但品子已经感觉到，友子或许不久之后，就会离开自己和母亲了。

晚饭后，友子也来厨房帮忙收拾。这时，波子走了进来，小声说道：

“你父亲听了新闻广播后，貌似很是郁闷，所以你们这里收拾得差不多了，就去你自己的房间吧。他还是老毛病，战争恐惧症……还说什么自己这条命只能撑到下次战争之前了。”

品子两个人不再发出声响，广播里的七点钟新闻播报也结束了。

“他心情糟透了，还问你们俩在厨房里嬉笑吵闹什么呢。”

品子和友子两个人面面相觑，说道：

“战争又不是我们俩引起的……”

中国共产党的二十多万军队已经越过了国界，进入了朝鲜，“联合国军”则开始全面撤退。十一月二十八日，麦克阿瑟司令发表声明——“我们正面临一场全新的战争”“此先打算尽速终结朝鲜战乱的愿望已被彻底打碎”。而就在四五天前，“联合国军”已逼近中朝两国的边界，正准备进入最后的总攻阶段。形势转眼间发生了逆转。美国总统在十一月三十日的记者招待会上发言：“政府为处理朝鲜出现的新危机，如有必要，将考虑对中国军队使用原子弹。”英国首相发言称要前往美国与总统举行会谈。

二十分钟之后，波子来到品子位于主屋外的房间。

“雨虽然停了，但外面还是很冷。友子，你今天晚上就住这儿吧。”

“好。”

品子替友子回答了，“本来就是这个打算，我们俩才一块回来的。”

“是吗？”

波子也来到烤火盆旁边坐了下来，看到了放在那里的外套。

“品子，这件外套，就是你要送给友子穿的吗？”

“是的，可她就是不肯穿啊。友子姐说，战争结束后我新做了三件外套，要是其中两件都被她给穿走，实在是过意不去。还煞有其事地计算呢……”

“可不是计算喔。”

友子打断了品子的话头，“之后要是下雪了，你没有个替换的外套怎么行？品子你演出时进后台，可不能穿件脏兮兮的外套呀……”

“没关系的。其实我今天上午还在改品子的旧衣服呢……”

波子顿了一下，继续说道，“只是，旧外套呀、旧衣服什么的，这些都顶不了多大作用。友子，你之前说的烦心事……今天晚上就讲出来吧。”

“好的。”

“只要有能帮上忙的，让我做什么都可以啊。在此之前，无论什么事，都是友子你为我付出，我都没能为你做些什么。你在我身边尽心尽力的日子，也是我一生中非常珍贵的时光啊。正因为时间不长，也不会永远持续下去，所以我才更要珍惜你啊。你要是结了婚，也就意味着我们在一起的时光也结束了。不过，你的烦恼并不是关于婚姻的吧？”

友子点了点头。

“我打小时候起，就有些过于习惯别人的好意、亲切心，对友子你的尽心尽力也太过依赖了，这一点我自己非常清楚，所以有时候会觉得你如果早早地结婚，离开我身边是不是更好……”

波子看着友子，继续说道，“你的婚姻、成就、生活，就像是为了我而牺牲掉了，你一直以来，总是一心一意地为我献身。”

“怎么能算牺牲呢……像这样仰赖老师，才是我活着的意义啊。我总是承蒙老师您和品子的百般关照，哪怕能为您做出一点儿、所谓像献身般的事，我都感到三生有幸呢！对于我这种没有信仰的人来说，只有为您献身，才是我的幸福……”

“是吗？对于没有信仰的人来说？”

波子像是复述了一遍友子的话，也像是自己思索般地如此说道。

“说起来……”品子嘀咕道，“战争结束的时候，按虚岁算，我十六岁，友子姐是十九岁吧？”

“你说自己是没有信仰的人，但你对我可是奉献出了全部啊，所以……”

听到波子这么说，友子摇了摇头，说道：

“我有事瞒着老师您。”

“瞒着我？什么事？是你的生活中的烦心事吗？”

友子又摇了摇头。

波子再怎么追问，友子还是不作回答。

“要是对我不方便讲，那就待会儿和品子说吧。”

波子最后留下这句话之后，便回了主屋。

两个人并排铺好被褥，熄灭了枕边灯，友子才终于告诉品子，说自己想从波子那儿离开，去工作挣钱。

“我就猜到大概是这么回事了。妈妈也觉得没能好好照顾你，心里很是过意不去呢。”

品子从枕头上转过头来，说道，“不过，如果是这样……”

“不。我们不要紧，不是我和我妈妈的事情。”

友子有些支支吾吾，但还是说了出来，“是因为孩子得病了，实在没有办法了。孩子的生命可是怎么都换不来的啊……”

“孩子？”

友子应该没有孩子。

“你说孩子，哪儿来的孩子？”

友子终于坦白，是自己喜欢的人的孩子。那人的两个孩子都因为患了肺病，住进了医院。

“他夫人呢？”

“他夫人身子也很弱。”

“是个有妇之夫啊？”

品子敏锐地说了一句，接着声音也变得低沉，“还有孩子……”

“是的。”

“你就是为了那个人的孩子，才要出去工作挣钱吗？”

品子对着默不作声的一片黑暗喊道：

“友子姐……这也是你所谓的献身吗？我不明白啊！那个人的想法我实在不明白。自己的孩子得病了，就教你去工作？”

品子的声音有些颤抖，“那种人，值得你喜欢吗？”

“不是他教我去工作，是我自己想做。”

“这不一样嘛。那个人太过分了！”

“不一样的。品子……孩子的病，是在我喜欢上他之后才得的，是降临在他身上的灾难，或者说命运吧……他身上发生的事，就等于我的事啊。”

“但是……那个人的夫人、孩子，要靠你去挣钱养病，这合适吗？”

“他的夫人、孩子，根本不知道有我这么个人。”

品子的嗓子眼仿佛一下子被堵住了，“啊？”

她又压低声音问道，“孩子多大了？”

“老大是女儿，十二三岁吧。”

根据孩子的年龄，品子推算了一下孩子父亲的年龄，友子的那个他，怕是有四十岁了吧。

品子睁着眼睛不再言语。黑暗中，传来了友子枕头挪动发出的声响。

“我如果要生孩子，也就生了。我应该能生个健康结实的孩子吧……”

这话在品子听来像是胡言乱语，她感到友子已不再纯洁，心中陡生厌恶。

“我自言自语罢了。对不起。”

友子感觉到了品子的情绪，“跟你说这些，我实在也很难为情。但是如果不说到这份儿上，就成扯谎了。”

“从一开始就是扯谎。你要为他的孩子尽心奉献，不是扯谎吗？听了你刚才讲的……也都是扯谎。”

“不是扯谎呀。虽然不是我的孩子，可那是他的孩子啊。而且人命关天啊。他的宝贝就是我的宝贝，他的难处就是我的难处，虽然这算不上什么崇高的事实，但至少是我能够仰仗的事实。品子你对我的道德谴责也好，我自怜自艾的理性也好，靠这些，孩子的病情根本就不能好转吧？”

“可是，就算将来病好了，日后知道是友子你出的钱，他的夫人、孩子会怎么想？会感谢你吗？”

“结核病菌可不会等我慢慢考虑这些。哪怕以后孩子们会记恨我，能恨我的前提也得是他们能活下来啊。现在他因为孩子生病已经竭尽全力了，我也只是想竭尽全力地帮他而已。”

“那他自己竭尽全力地工作不就行了？”

“他一个老实巴交工作的人，怎么能赚到大钱？”

“那你要怎么赚大钱呢？”

友子最后难以启齿地坦白，自己打算去浅草街区的娱乐场所工作。

从她的语气中，品子觉察到她是要去当脱衣舞娘。

爱上一个有妇之夫，还为了给那个人的孩子挣钱治病而去跳脱衣舞。品子对此感到惊诧不已。

品子如同深陷噩梦之中，连善恶的判断都迷惘到无法做出。这就是女人爱的献身吗？抑或是牺牲吗？看样子，在现实中友子已经决定要在浅草的小屋中，袒露自己的身体了。

从儿时起，她们二人就相互鼓励、共同成长，即便在那场战争期间，也都暗地里练习古典芭蕾，不曾间断。而现如今，芭蕾舞蹈竟然被友子派上了此等用场。

品子知道，无论自己是大发雷霆、怒而制止也好，还是苦苦哀求、泣而劝阻也罢，一意孤行的友子肯定都会置之不理，一条道走到黑。

“现在大家都在说自由、自由，那我也有把自己的自由献给我所爱之人的自由。这样做才正是我的自由啊，有所谓的信仰的自由嘛。”

品子以前也曾听过友子的这番话。当时品子还以为友子所说的“所爱之人”是母亲波子，看来那个时候，友子已经爱上那个家有妻儿的男人了吧。

今天晚上在浴室里，友子一反常态地在品子面前表现得腼腆害羞，也是因为不久之后自己就要去跳脱衣舞了吧。

友子的裸体在品子脑海中浮现。她是不是曾经连孩子都怀上过呢？

翌日清晨，友子醒来时，品子已不在被窝里了。

她以为自己睡过了头，慌忙打开遮雨窗板。

外面松树、杉树和山脉接连，怀抱着宅邸，友子昨夜正是睡在这里。透过竹林，在西边小山上稀疏的松树之间，富士山的轮廓隐约可见。友子是从被战争毁得满目疮痍的东京过来的。她深吸一口气，却感到一阵头晕目眩，只好扶着玻璃窗蹲下身来。

几根像是垂枝樱的枝条，低垂在眼前，枝下盛开着一小株山茶花。花瓣浓艳鲜红，带着斑驳的纹路。

波子穿着木屐，从主屋走了过来，站在庭院中向这边打了声招呼：

“早啊。”

“老师，早上好。这里太安静了，我居然睡过头了。”

“是吗？是昨晚没怎么睡好吧？”

“品子呢？”

“天还没亮呢，她就爬到我床上，把我给吵醒了。”

友子仰起头看着波子。

波子从脸颊到胸口，都映着竹叶的影子。

“友子，这个给你……装进你那个手提包里吧，拿去卖了。”

波子说着，手里握着什么东西，伸了过来。

友子不知该不该接，问道：

“是什么呀？”

“戒指。别被人看到了，赶紧收好。今天早上品子都跟我说了。这个别院，我也打算给卖了。你再稍微等一阵子吧。”

波子把装戒指的小盒子塞进友子手里。友子攥着盒子，眼泪盈眶，身体原地伏倒了下去。

冬日湖泊

《天鹅湖》的音乐飘扬而来。

是芭蕾舞剧《天鹅湖》的第二幕——天鹅群舞。

白天鹅公主和齐格弗里德王子的慢板双人舞之后，接着是四小天鹅舞曲，然后是双人天鹅舞曲……

伏倒在廊缘边的友子猛地直起胸脯，说道：

“品子？是品子小姐啊。”

仿佛受到音乐的感染似的，友子的脸颊上又有一串泪珠落下。

“老师，品子正一个人跳舞呢。昨天晚上我跟她说了让人心烦的事，她正在跳舞解忧呢。”

“在跳四小天鹅舞曲吧？四人舞（Pas de quatre）……”

波子说着，也抬头望向石台上的排练场。

后山松林对面的天空上，飘浮着一朵白云，云朵的半边都映照在晨曦之中。

友子的脑海中浮现出一幅在台上浪漫起舞的画面。

月夜下山间的湖泊上，一群白天鹅游到岸边，幻化作美丽的少女翩然起舞。少女们被恶魔罗特巴特施了魔法，变成了天鹅，只有在夜间，她们才能在湖畔暂时恢复成人类的姿态。

天鹅公主和王子两人立下爱的誓言也是在这第二幕。据说，若是不曾品尝过恋情滋味的年轻人坠入爱河，就能够凭借爱情的力量解开魔法的诅咒。

友子还在等着《天鹅湖》乐曲继续演奏，但第二幕的白天鹅舞曲一结束，排练场那里就安静了下来。

“这就结束了……”

友子像是在追逐着幻影般，继续说道，“真希望再继续跳下去呀。老师，我在这儿听着音乐，眼前就好像能看到品子的舞姿呢。”

“是啊。因为你对品子的什么事都知道得一清二楚啊。”

“是的。”

友子点了点头，“不过……”

她正想继续说些什么，只听见一阵喧闹热烈的节日音乐响起，像是把她从幻影中叫醒一般。

“哎呀，《彼得鲁什卡》[①]？”

在圣彼得堡的广场上，马戏棚和热闹的摊贩前，庆祝谢

①《彼得鲁什卡》（英文名：Petrushka，俄文名：Петрушка），亦译作《木偶的命运》，是俄罗斯近代著名作曲家斯特拉文斯基所写的一部芭蕾舞剧。

肉节[①]的人群载歌载舞。

这是由斯托科夫斯基[②]指挥、费城交响乐团演奏、JVC（日本胜利唱片公司）出品的唱片。

友子的眼里噙满泪水，熠熠生辉。

“啊，真想跳舞。老师，我要去和品子一起跳舞。”

友子站起身来，又说道，“作为与芭蕾告别……《彼得鲁什卡》的庆典真是好极了。”

波子回到主屋，和矢木两个人一起吃了早饭。

高男早早便出门去了学校。

从排练场内一遍又一遍地传来《彼得鲁什卡》第四场的乐曲声。

“今天一大早可够热闹的啊，像庆典一样。”

矢木说道，“真的是，伟大的噪音啊。”

《彼得鲁什卡》是一幕四场的芭蕾舞剧，第一场和第四场均是在举办谢肉节庆典城镇中的同一座广场。第四场时已临近日暮，广场上人潮汹涌，喧闹沸腾，正是把舞剧推向了最高潮。

这套组曲的唱片中，为表现第四场的喧闹情景，灌注了三面唱片，手风琴、铜管、木管等各种乐器声音交织碰撞、

---

①又称送冬节，烤薄饼周，是一个从俄罗斯多神教时期就流传下来的传统俄罗斯节日。后来由于俄罗斯民众开始信奉东正教，该节日与基督教四旬斋之前的狂欢节发生了联系。

②莱奥波德·斯托科夫斯基（Leopold Stokowski，1882—1977），美籍波兰裔指挥家。

层层推进，描绘出熙熙攘攘、肩摩毂击的狂热气氛，随之而来的是保姆之舞、佃农与熊之舞、吉卜赛人之舞、车夫与马夫之舞，以及假面化装游行等舞蹈场景。所谓“伟大的噪音”，正是曾经有人听了《彼得鲁什卡》之后发出的感慨。

“不知道品子她们俩跳的是哪个角色啊。”

波子也附和着说道。庆典中狂欢的人们，似乎都是即兴起舞，舞姿也是热闹非凡，令人眼花缭乱。

没过多久，雪花纷纷飘落，小镇华灯初上。活跃粗犷的狂欢达到极点，小丑人偶彼得鲁什卡却失恋了，他向舞女的人偶求爱而不得，最终在狂欢的人群中，被情敌摩尔人偶砍死。随后，在马戏棚和摊贩的屋檐上，彼得鲁什卡的幽灵出现，这场悲剧也就此落幕。

然而，品子她们播放的庆典音乐又再次传来，在客厅里持续回响。

“早饭前就这么热闹，品子她们怕是压根儿没思考过尼金斯基①的悲剧吧。”

矢木嘟囔道，转头望向排练场方向。

波子也看着同一方向，问道：

“尼金斯基？”

“对。尼金斯基最后发了疯，不就是战争的牺牲品吗？

①瓦斯拉夫·弗米契·尼金斯基（Vaslav Fomich Nijinsky，1890—1950），波兰裔俄罗斯芭蕾舞者和编舞家。曾主演《彼得鲁什卡》，因精神疾病告别了芭蕾舞台。

听说他精神刚开始不正常时，就常常像说梦话似的念叨着‘俄罗斯’啊、‘战争’啊什么的。尼金斯基是个和平主义者，也是一个托尔斯泰主义者。”

“今年春天，他最终还是在伦敦的一家医院里去世了。”

“他精神错乱后，从第一次世界大战开始活到了第二次世界大战结束，也三十多年了，活得挺久了。”

彼得鲁什卡正是尼金斯基生前演绎过的最负盛名的角色，因此矢木才会想起来说这些吧。

最近矢木主要研究《平家物语》《太平记》[①]等战记类的古典作品，还撰写了名为《日本战争文学中所表现的和平思想》的文章。

因为品子她们的《彼得鲁什卡》，他今天上午动笔写作之前，脑中思绪就已经被搅成了一团乱麻。

音乐声停后，见品子和友子也没来主屋，波子便去看看怎么回事，只见排练场里徒留品子一人独自在那里发呆。

“友子呢？”

“她回去了。”

“连早饭都不吃就走了？”

①《平家物语》是成书于日本镰仓时代（13世纪）的军记物语，作者不详。主要讲述煊赫一时的平氏家族从权倾朝野到被源氏家族击败，最终被消灭的故事。《太平记》是日本古典文学名著之一。共40卷，以南北朝时代为舞台，描写从后醍醐天皇即位、镰仓幕府灭亡、建武新政和崩坏后的南北朝分裂、观应之扰乱，到2代将军足利义诠死去和细川赖之管领就任为止，文保2年（1318年）—贞治6年（1367年）顷约50年间的军记物语。

“她说让我把这个还给妈妈……”

品子手中攥着装戒指的小盒。

品子手拿着戒指盒，没有伸手递出，波子也没打算去接。

“我一直留她，说妈妈和我都要出门，咱们可以一起走。可是，友子姐说走就走，根本不听我说的话。”

品子站起身来，边朝窗边走去边说道，“真教人摸不着头脑。”

波子坐在椅子上，盯着品子的背影看了一会儿，说道：

“你穿成这样会着凉的。换下衣服去吃饭吧。”

“好的。”

品子身穿排练服，外面只披着一件外套。

“友子姐还说，不好意思跟爸爸见面。”

“可能吧。她昨晚哭了，脸色看上去像一夜没睡似的……”

“我刚开始也睡不着，但是慢慢地感觉浑身乏力，最后昏昏沉沉地就睡着了。”

品子在窗前转过身来，继续说道，“哦，不过，她还是把那件外套穿回去了，还说妈妈您改过那件羊毛连衣裙她也收下带着呢。”

“是吗？那太好了。”

“友子姐还说了，虽然现在从妈妈您这儿离开，出去工作了，但以后肯定还会回到妈妈这儿来的。”

“是吗？”

“妈妈，友子姐的事，真就这么着吗？您打算怎样帮她？”

品子看着波子，逐步走近，“他们必须得分开吧。我去叫他们分手。”

“妈妈要是能早点儿注意到就好了。我虽然很早之前就感觉到她的样子有些不同往常，但她对我还是一如既往地尽心竭力。可以说友子隐瞒得很巧妙啊。”

“是那个男的不好，她才难以坦白说出来啊。那种人，我一定让友子姐和他分手。”

品子斩钉截铁地重复了一遍，又说道，“不过，要瞒过妈妈您，还是很容易的。”

“品子，你是不是也有什么事瞒着妈妈？”

“妈妈您不知道吧？爸爸的……”

“爸爸的什么？”

“就是爸爸的存款也……”

“存款？你爸爸的？”

“为了不被家里人知道，爸爸还把存折放在银行里呢。”

波子充满诧异的脸色，即刻变得煞白。

然而，就在下个瞬间，一股不可名状的羞耻之情让波子血气高涨，她的面庞也变得僵硬起来。

这种羞耻之情也传染给了品子，品子的脸颊也涨得通红，她似乎再也遏制不住情绪般地说道：

“高男是最先知道的。他偷出来了，所以我才知道的。”

“偷？”

“高男把爸爸的存款悄悄地给取出来了。”

波子放在膝上的双手颤抖了起来。

据品子所言，高男虽然一直向着父亲，可当他看到父亲总是把养家糊口的责任甩给母亲，对母亲的苦劳视而不见，甚至还背地里藏私房钱，实在忍无可忍，才将父亲的存款偷偷地取了出来。

高男还说，哪怕之后父亲看到存折余额、发现被偷，也会猜到是自家人所做，大概父亲会把此事当作一种无言的责难或者警告吧。

“爸爸连存折都委托给银行保管，结果存款却被取走，不知道爸爸会是什么心情呢。”

品子站在原地，继续说道，“我觉得爸爸也太过分了，和友子姐那个相好的半斤八两。”

“高男他偷的吗？”

好不容易波子才用颤抖的声音挤出几个字。

波子羞惭得无地自容，连女儿的脸甚至都无法直视。接着，她感到某种冰冷的恐惧，冻得她战栗不已。

矢木除了在某所大学正式任教之外，还在另外两三所学校兼职上课。现在各种新制大学层出不穷，有时他还会去东京以外、地方上的学校短期授课。除了这些学校发的薪水，他还或多或少有文章稿酬、书籍版税进账。

矢木自己的收入从未告知过波子，而波子也无意非要知道。这是二人结婚之初就开始的习惯，波子难以主动改变。其中既有波子的原因，也有矢木的原因。

波子并非不知道丈夫卑劣又狡猾，但她还是做梦也没有想到，丈夫竟然会背着家人存私房钱。存钱倒也算了，竟然连存折都寄放到银行托管。如果是个养家糊口的男人，这般做法还可以理解，但矢木根本不是如此。

矢木要缴纳所得税，这一点波子也知道，但他的纳税地址不写家里，而是写成了学校宿舍或是别的什么地方。波子也没太过在意，只是猜测那样更方便罢了，现在却不得不怀疑，那也是矢木为了不让波子知道他究竟收入多少而要的手段了。

想到这些，波子不寒而栗，说道：

“我所有的东西，一切的一切都不要了。没有半点儿可惜。”

她说着，捂着自己的额头站了起来，又从唱片架旁边的书架上抽出一本不知什么书，说道：

“咱们走吧。”

“干脆变得像友子姐那样好了。我们变得一无所有，让爸爸来养我们。这样一来，高男和我都可以自力更生了。”

品子挽着母亲的胳膊，迈步下了石阶。

波子想着待会儿在去东京的电车上，友子的事也好、矢木的事也好，自己都无心再和品子谈论了，随便看看书好了，于是便带上了一本包含尼金斯基传记内容的书。

刚才这本书是从书架中漫不经心地抽出来的。而现在波子想到，果然还是因为听到矢木说“尼金斯基的悲剧”，莫名在自己脑海里留下了印象吧。

“再发生战争的话，就给我来点儿氰化钾，给高男一间深山中烧炭的小屋子，给品子一条那种十字军时代的铁制贞操带吧。”

早上品子她们放的《彼得鲁什卡》音乐停下时，矢木说了这么一番话。波子像要为了掩盖内心厌恶情绪似的，打趣说道：

“那给我什么呢？这不是把我给落下了吗？”

“啊，是啊，还忘了一个人。那波子你就在这三样中，自己选一个喜欢的吧。”

矢木放下报纸，抬头说道。

丈夫那圆润饱满、柔和温良的面相，让波子心里有些困惑。她随意扫了一下报纸上的新闻大标题。矢木又继续说道：

“品子的贞操带钥匙由谁来保管也是个问题呢，就把钥匙交给你吧。”

波子悄然站起身，向着排练场走去。

刚才听到的权当是令人不悦的玩笑话而已，但知道矢木私房钱的秘密之后，再回想起来，波子感觉内心有些作呕。

“今天早上，你父亲听到《彼得鲁什卡》，还说你们大概都没思考过尼金斯基的悲剧。”

波子对品子如此说道，把《芭蕾读本》递给了她。书的作者是一位从俄罗斯来到日本的女性芭蕾舞演员。品子接过书来，却说道：

“我都读过好几遍了。”

“是啊。我明明也读过了，可不知怎么的，又拿了这本书出来。你父亲说，尼金斯基莫不是战争和革命的牺牲品……”

“不过，尼金斯基还在舞蹈学校时，不是就曾有位医生说过，这名少年总有一天会发疯的？”

然而品子的说话声，被电车穿过铁桥的隆隆声所遮盖住了，她眺望着六乡一带的河滩，似乎想起了什么，在驶过铁桥后过了一会儿，又开口说道：

“那位叫塔玛拉·淘玛诺娃[1]的芭蕾舞女演员，也是个可怜的革命时代的孩子。她父亲是沙俄帝国的陆军上校，母亲是高加索地区出身的女子。父亲在革命中身受重伤，母亲被子弹击中了下巴，在乘坐牛车前往西伯利亚的途中，淘玛诺娃出生了，降生在牛车上……此后他们在西伯利亚地区流浪，又被驱逐出境。逃亡到上海的时候，看到了在当地巡回演出的安娜·巴甫洛娃[2]的舞蹈表演，年幼的淘玛诺娃便立志要成为一名舞蹈家……淘玛诺娃在巴黎的歌剧院出演了《珍妮的扇子》[3]，被誉为天才少女而名噪一时。据说她当

①塔玛拉·淘玛诺娃（Тамара Туманова，Tamara Toumanova，1919—1996），美籍俄罗斯裔女演员。在蒙特卡洛的俄罗斯芭蕾舞团成为职业芭蕾舞演员，1939年首次在百老汇演出，1943年首次登上大屏幕，主演电影《光荣岁月》。

②安娜·巴甫洛娃（Áнна Павлова，Anna Pavlova，1881—1931），俄罗斯著名芭蕾舞演员，被誉为“芭蕾女皇”。

③《珍妮的扇子》（L'éventail de Jeanne），1927年法国制作的儿童芭蕾舞剧。

年才十一岁。”

“十一岁？巴甫洛娃来日本表演《天鹅之死》，是在大正十一年（1922年）吧。”

“我还没出生呢。”

“是啊……那时我还没结婚，还是个女学生。正好是巴甫洛娃去世前十年左右。她好像是五十岁左右去世的，巴甫洛娃来日本的时候，差不多就是我现在这个年纪呢。”

在去往西伯利亚的牛车上降生的淘玛诺娃，后来从上海又去了巴黎。她在上海看过巴甫洛娃的演出，而在巴黎，自己的舞蹈则得到了巴甫洛娃的认可，这是何等的幸运。看了年幼的淘玛诺娃的排练，安娜·巴甫洛娃——这位世界首屈一指的芭蕾舞女皇深受感动。小小的舞姬，得以和她憧憬、崇拜的巴甫洛娃一起，在特罗卡德罗的舞台上共同表演。

在那之后，淘玛诺娃加入了蒙特卡洛的俄罗斯芭蕾舞团，并且在乔治·巴兰钦[①]等人组建的“芭蕾·1933”舞团[②]中，年仅十四岁就已经成了首席舞者。

据说这位神情忧郁、身材娇小的少女，其舞姿中也透露着某种孤寂的身影。

“淘玛诺娃现在是在美国跳舞吧，应该已经三十岁了吧。”

---

①乔治·巴兰钦（George Balanchine，1904—1983），出生于俄国，美国芭蕾舞蹈家、编导，被誉为“美国芭蕾之父”。

②巴兰钦离开了蒙特卡洛俄罗斯芭蕾舞团后，1933年和鲍里斯·科赫诺共同创立了自己的舞团，以法语取名为“Les ballets 1933”，巴兰钦利用该团创作了完全属于他自己的新作品。

品子忽然想起什么似的说道，“她的故事，香山老师常跟我讲呢。就是香山老师带着我一起去军队、工厂，慰问伤病士兵，在各地巡演那阵儿吧，我当时也才十四还是十六岁……和淘玛诺娃被称为天才少女，在蒙特卡洛的俄罗斯芭蕾舞团，还有巴黎的‘芭蕾·1933’舞团里跳舞时的年龄差不多……”

“是啊。”

波子点了点头，因为香山这个名字，很少能听到品子提及，波子不禁竖起了耳朵。

然而波子还是把话题岔开了。

“在英国，芭蕾舞团也会去前线、工厂和农村进行巡回慰问表演，在普通民众之间推广展示芭蕾舞的魅力。不是有人说，这是战后芭蕾舞得以兴盛起来的原因之一嘛。日本现在开始流行芭蕾舞，是不是也有这方面的因素？”

“谁知道呢？我觉得有一点可以肯定，在战争中被压抑的事物得到了解放，而在其中，女性的解放就是以芭蕾舞的形式所表现出来的。”

品子回答道，“不过，我也很怀念和香山老师一起慰问演出旅行的日子。哪怕是去东京经过六乡川时，我也常常会想，不知自己回来时，还能不能活着跨过这座铁桥。去特攻队演出时，我也一边跳舞一边想着，就让我死在这儿也好。路上能坐卡车都算好的了，牛车我也坐过呢。就是在牛车上，香山老师跟我讲了淘玛诺娃出生于牛车上的故事呢。我当时都哭了。因为空袭，城镇里燃起大火，飞机一旦接近，我们就跳下牛车，藏在树影里。香山老师说，这就像被革命斗争追赶逃窜的俄罗斯人一样。但是我觉得，比起现在，那时候或许还更幸福些呢。因为当时没有迷茫，也没有疑惑……一心只想着慰问那些为国家而战的人们，拼上性命去跳舞。有几次还和友子姐一起呢。我那时十五六岁，踏上不知道什么时候就会死掉的旅途，也不觉得害怕，就像有信仰的力量附身似的……”

在那场旅途中，香山一直守护着品子，现在品子仍能感觉到他的臂膀搭在自己的肩头。

“不要再提战争的事情了。”

波子本想着轻声劝慰，可自己的语气却变得颇为严厉。

“好的。”

品子环顾了一下四周，以为被谁给听到了。

“那个六乡川的河滩也完全变了模样。以前那儿建过高尔夫球场吧？开始打仗后，用作了军事训练，再后来又逐渐开垦耕地，现在整个河滩都变成麦田、稻田了呢。”

品子如此说着，她美丽的眼眸中，仿佛又浮现出和香山一起在战火纷飞中旅途跋涉的回忆。

“战争的时候，没想过多余的事情。”

“你那会儿年龄还小，而且当时大家都被剥夺了思考的自由。”

“咱们家在战争时期反而比现在还和平，妈妈您不这么觉得吗？”

“是吗？”

波子一时语塞，没有立即作答。

“当时咱们全家人总是互相扶持、相依为命，不像现在这样四分五裂吧？那时候国虽然要破，但家却没碎……”

“因为妈妈的缘故吗？”

波子还是说出了这句话，她又继续说道，“但是，或许你说的是事实，但在那些事实中，怕是也掺杂着巨大的谎言和错误吧。”

“对，确实有。”

“而且，过去的回忆，用现在的眼光已经无法做出正确判断了。事物一旦成为过去，总是令人怀念。”

“是啊。”

品子也承认这一点，老老实实地点了点头，又继续说道，“不过，要让妈妈如今的痛苦成为过去，变成令人怀念的回忆，怕是还需要几重山河啊。”

“几重山河？”

波子听到品子的用词，莞尔一笑，“要翻越几重山河的是品子你吧？”

品子沉默以对。

“要是没有战争的话，你这会儿应该能在英国或者法国的芭蕾学校跳舞吧……”

在皇居护城河边，波子曾对竹原说过这番话，还说“自己说不定也会随她一道过去”，这后半句，此刻她却没有对品子说出口。

“我的芭蕾舞学习，被战争给耽误太多啦。即使妈妈您全身心地投入来帮我，要想开花结果、有所成就，说不定得等到我的子女那一代了。在日本，培养出一名可以独当一面的芭蕾舞演员，需要三代人的努力吧？”

“不会的。品子你就很好啦。”

波子用力地摇摇头否定道。而品子却眼帘低垂，说道：

“不过，我不要孩子。在世界和平之前，我绝对不会生孩子的。我就是这么打算的。”

“啊？”

波子像是遭到突然袭击似的，看着品子，说道：

“‘绝对’什么什么、‘断然’怎么怎么，可不能随随便便乱说，你真是……那些不都是战时用语嘛。”

波子半是嗔怪半是玩笑地说道，“害得妈妈吓了一跳。”

“哎呀，我只说了一遍嘛，没有随随便便乱说。”

“在电车里突然听你宣布什么世界和平前品子不生孩子，我可是摸不着头脑哟。”

“那……我换个说法重新说一遍吧。我要一个人边跳舞边等待世界实现和平。妈妈，这样说您也能接受了吧？”

“你这话说得，跟什么舞蹈宗教似的。”

波子含糊其词地说道，然而她仍未解品子话中真意，只是把话语记在心头。

品子是不是害怕，在牛车上生孩子的事情有朝一日也会发生在日本？或者说她是把香山埋在了心底，所谓等待和平，就意味着等待香山？

从品子的口吻中，波子明显觉察出，香山已然成了她的爱的回忆。这些回忆并没有随往事消散，如今依然活在品子心中。波子自己对竹原同样抱有回忆，也有切身体会。波子现在终于明白，少女的爱的回忆是多么根深蒂固。品子的爱的回忆，似乎仍包裹在名为回忆的寂静之中，或许是因为品子还未曾与其他男人相结合吧。毋宁说假使品子真结了婚，关于香山的回忆反而会痛苦地复苏。说不定哪怕过了二十年也……波子拿自身做比较，如此猜想道。

昨晚友子的坦白，或许同样点燃了品子心中的火花，从今天早上开始，品子就对母亲倾诉了种种事情。

品子说，在日本培养出一名可以独当一面的芭蕾舞演员需要三代人的努力，波子听到这话不由得心头一紧。

品子说战争期间家里反而和平，诚如所言，战争时期虽说食物匮乏，生命安全岌岌可危，但小家庭紧紧地抱团取暖。波子开始对丈夫疑虑丛生、日渐失望，也都是战败后的事情。父母间的此般隔阂也波及了品子和高男，波子对此十分痛苦。国虽然要破，但家却没碎——品子这话，确实所言不虚。

波子陷入了沉默。品子似乎也在思索着什么，问道：

“朝鲜的崔承喜[1]，不知道现在怎么样了呢。”

---

①崔承喜（1911—1969），舞蹈家、舞蹈教育家，开拓朝鲜现代舞蹈的先驱。

“崔承喜？”

“那个人也是革命者的孩子吧。听说在朝鲜战争爆发前，她就去了北朝鲜，所以她父母可能也是革命者吧。我去看崔承喜首场舞蹈演出的时候，大概就和淘玛诺娃在上海看巴甫洛娃跳舞时差不多的年纪吧。”

“是啊。应该是在昭和九年（1934年）还是十年（1935年）的时候吧。妈妈当时可吃惊了。从她无言的舞蹈中，能感受到朝鲜民族的反抗和愤怒呢，像是苦不堪言，又像是垂死挣扎，动作粗犷奔放，舞姿很是激烈。品子你印象深刻的，应该是崔承喜成名后华丽的舞姿吧。她一转眼间就成了大明星，无论是歌舞伎座还是东京剧场的表演，从没有见过有人像她那样大放异彩。”

“她还去美国和欧洲表演过吧？”

“对。”

波子点了点头，继续说道，“据说崔承喜一开始是想成为声乐家呢。她哥哥看了石井漠①在京城②公演的舞蹈，大为感动，就让自己妹妹拜石井漠为师。崔承喜跟随石井漠来到日本时，她刚从女子学校毕业，好像也就十六岁吧……”

“我跟着香山老师巡回表演时也是这个年纪。”

品子又提到了香山。

---

①石井漠（1886—1962），日本舞蹈家、现代舞编导家，日本现代舞创始人之一。

②此处的“京城”指当时韩国的首都汉城，即现在的首尔。

波子继续讲道：

“崔承喜的首次发表会上，妈妈觉得她的舞蹈中确实包含了被压迫民族的反抗，着实让人不寒而栗呢。也许因为她是石井漠的弟子，传承了老师的舞蹈风格，所以看起来如此吧。后来随着她人气攀升，崔承喜的舞蹈也变得华丽、明快了起来，那种阴暗的悲伤和愤怒、碰壁后困兽犹斗的力量，也消失不见了……也可能因为朝鲜风格的舞蹈大受欢迎，所以石井流派的舞风就不怎么展露了吧。不过她去西方国家时，自称是‘朝鲜舞姬’呢。在日本时就叫‘半岛舞姬’。”

“像‘剑之舞’‘僧之舞’，还有那个叫什么‘诶嘿呀，舞动吧’[①]的，我还都记着呢。”

“她手臂、肩部的动作很有意思吧？据崔承喜所说，朝鲜是个舞蹈文化贫瘠的国家，跳舞是遭人鄙夷的……她就是在这濒临灭绝的传统中，创作出那么多新颖的舞蹈啊。而且她并非仅仅靠新奇来博人眼球、受人喜爱。崔承喜一定对于所谓的民族深有感受，肯定是的。”

“民族性？”

“一说起民族，像我们就会想起日本的舞蹈，不过品子你现在用不着考虑那么远。日本舞蹈的传统太过丰富、太过

---

①韩语为에 헤야 노아라。崔承喜以朝鲜舞蹈为基础创作的作品。舞蹈欢快活泼，为男子的变装舞蹈，模仿醉酒状态的朝鲜“闲良”（游手好闲，但儒雅俊秀，带有豪侠性格的两班贵族），摇晃着身体，点着头，挺着圆鼓鼓的肚子，用“八字步”来回踱步，同时加入轻快幽默的动作。崔承喜曾解释说舞蹈灵感来源于醉酒父亲即兴表演的“巫舞”。

强烈，因此更加难以推陈出新，也很容易走回头路。不过，我觉得日本在世界范围上看也是舞蹈大国。不说芭蕾，放眼日本自古以来的舞蹈也是如此……日本人确实天生就具有舞蹈的才能呀。”

“不过，芭蕾舞和日本的舞蹈正好相反呢，与日本的精神、肉体的传统完全背道而驰。日本舞蹈的动作是向内收敛，包裹于自身，而西方舞蹈动作则是向外伸展，动作大开大合，二者的情感心境也是截然不同吧。”

“但是像品子你们从小时候起，身体就按照芭蕾舞的形体要求接受训练，据说在西方也是身高一米六、体重四十五公斤的体型，作为芭蕾舞女演员最为理想。所以说你非常合适啊。”

品子本应在新桥站与波子分开，前往大泉芭蕾舞团的研究所，可她一直坐到了东京站，跟随母亲一起来到了波子的排练场。

“友子姐不会来了吧？”

“会来的。她那个性格，一定会来的。就算不在妈妈这里干了，她肯定也会过来好好打声招呼的……”

“是吗？昨天她不是来家里告别了吗？晚上没睡好，还说了那些话，恐怕不好意思再来见您了吧……”

“她可不是那种一声不吭就一走了之的人。”

波子坚信地说道。

如果今天友子不露面，母亲也会感到失落吧，品子正是担心这种情况才跟过来的。

她们刚来到地下室的排练场，就听到了《彼得鲁什卡》的音乐。

“是友子姐呀。”

“看吧，我就说。”

友子身着排练服，却没有在跳舞，她正倚靠在把杆上听着音乐。

排练室早已打扫得干干净净。

“老师，早上好。”

友子有些不好意思地打招呼道，她关停了唱片机，看了看墙上的镜子。

“《彼得鲁什卡》？”品子说着，又重新播放起该唱片的同一面，正是第一场谢肉节中的喧闹场景。

波子与友子的目光在镜中相交，说道：

“友子，还没吃早饭吧？你早上离开后，没回自己家就直接来这儿了吧？”

“是的。”

友子的眼睛因为疲倦变成了双眼皮，不过目光却炯炯有神。

“既然友子姐在这儿，那我就去研究所啦。”

品子跟母亲说着，又走近友子身旁，把手搭在了她的肩头，“刚才我还在跟妈妈说，友子姐你会不会来呢，才顺便来这儿看看的。”

狂欢节音乐的激昂，以及友子身上的温热，使得品子也感到心潮澎湃。看来友子刚才一直在跳舞，身上热乎乎的。

“还有，我们在电车里还说了舞蹈的所谓民族性呢。”

《彼得鲁什卡》中也有着俄罗斯民族的韵律和音乐。

这部舞剧是由斯特拉文斯基①为达基列夫②的俄罗斯芭蕾舞团作曲，首场演出时由福金③编舞，尼金斯基主演剧中可怜的小丑人偶。所以，今早矢木听到《彼得鲁什卡》后才会提起“尼金斯基的悲剧”。

《彼得鲁什卡》的首演是在一九一一年，即明治四十四年，尼金斯基当时二十岁左右，他在罗马和巴黎都演出过，人气席卷了整个欧洲。

《彼得鲁什卡》首演的一九一一年，尼金斯基离开了俄罗斯，直到一九五〇年去世，终其一生没能回归故国。

在一九一四年，即大正三年，尼金斯基思念故土，在巴黎准备好要踏上归程，然而据说他买的车票是八月一日，世

---

①伊戈尔·费奥多罗维奇·斯特拉文斯基（1882—1971），作曲家、钢琴家及指挥，20世纪现代音乐的传奇人物，被誉为“音乐界中的毕加索”。斯特拉文斯基作曲风格有许多的变化。他最早因为谢尔盖·达基列夫委托的三部芭蕾舞剧（1910年的《火鸟》、1911年的《彼得鲁什卡》及1913年的《春之祭》）而出名，而首演是由佳吉列夫的俄罗斯芭蕾舞团在巴黎首演。

②谢尔盖·帕夫洛维奇·达基列夫（1872—1929），俄国艺术评论家、赞助人，以创立俄罗斯芭蕾舞团而知名。

③米哈伊尔·福金（1880—1942），俄罗斯著名芭蕾编导、演员，芭蕾革新家。

界大战爆发的日期①。

他虽然离开了战事喧嚣的巴黎，但途中，因其敌国人员的身份而在奥匈帝国遭到逮捕，他的精神受到创伤，此后变得时常念叨“俄国”“战争”之类的呓语。

好不容易得到释放后，他去了美国。在那里的首次公演，当尼金斯基现身于《玫瑰花精》②的舞台时，全体观众一起起立欢迎，人们投去的玫瑰花铺满了整个舞台。

然而，虽然尼金斯基在美国人气颇高，他本人却仍然常常陷入忧郁之中，诅咒战争，倡导和平，与和平论者、托尔斯泰主义者交往密切。

十月革命爆发。一九一七年岁末，尼金斯基彻底变成了一副白痴模样，从舞蹈界销声匿迹，年仅二十八岁。

精神失常的尼金斯基在瑞士疗养期间，某一天，他突然声称要表演即兴舞蹈，在一个小剧场聚集了观众，可他却用黑色和白色的布条，在舞台地板上摆成一个十字架，自己站在十字架顶端，表演耶稣受磔刑的姿势，然后说道：

“这次请大家观看战争，看看战争的不幸、破坏和死亡……”

一九〇九年，达基列夫的俄罗斯芭蕾舞团在巴黎首次公演时，尼金斯基作为明星级别的男性舞蹈演员，转眼之间被全世界奉为天才。最终，他沦落到在半是癫狂的状态下舞蹈

①此处遵循原文所写日期。现今一般认为第一次世界大战的爆发日期是1914年7月28日，奥匈帝国向塞尔维亚宣战的日期。

②Le Spectre de la Rose，或译为《玫瑰花魂》。

着。其艺术生涯是如此短暂。

说起一九二七年，即昭和二年，也就是品子出生的两三年前，达基列夫的俄罗斯芭蕾舞团在巴黎演出《彼得鲁什卡》时，曾把已完全发狂的尼金斯基带上过舞台。十五六年前首演的时候，正是尼金斯基扮演的彼得鲁什卡，因此，据说是希望借此机会，看能否唤起他那遗失的记忆，说不定可以成为让他恢复理智的契机。

各个角色悉数登台，首演时尼金斯基的女舞伴——塔玛拉·卡尔萨文娜[①]装扮成与当年一样的舞者人偶姿态，靠近尼金斯基并与他接吻，可尼金斯基只是羞涩地看着卡尔萨文娜。卡尔萨文娜又用令人怀念的爱称呼唤他，然而，尼金斯基却转过头去，不加理睬。

拍照时，尼金斯基被卡尔萨文娜挽住胳膊，而他的表情仿佛灵魂出窍一般。

当年的那张充满戏剧性的照片，品子也曾在某处见过。

可怜的尼金斯基被达基列夫带去了包厢看台。当彼得鲁什卡的扮演者——谢尔盖·利法尔[②]出现在舞台上时，尼金斯基问旁人那是谁，还喃喃说道：

“那家伙跳得起来吗？”

①塔玛拉·普拉托诺夫娜·卡尔萨文娜（1885—1978），俄罗斯首席芭蕾舞者。

②谢尔盖·利法尔（乌克兰语：1905—1986），乌克兰的芭蕾舞者、编舞家与舞蹈理论家，为20世纪知名的男性芭蕾舞者。

彼得鲁什卡的扮演者谢尔盖·利法尔被称为第二个尼金斯基，在尼金斯基淡出舞台后，他便成了首屈一指的男性芭蕾舞演员。尼金斯基看着利法尔，却喃喃质疑道“那家伙跳得起来吗”，正是因为昔日的尼金斯基，曾以无与伦比的跳跃动作震惊了全世界。现今他的这句发言又成了人们的谈资。

然而，精神失常的天才的话语，令人怜悯也罢，合情合理也罢，听得越多，越是成谜。恐怕尼金斯基都意识不到，眼前台上表演的角色，正是自己年轻时演绎得最为成功的角色了吧。或许昔日同伴的友情，只是嘲弄如今好似行尸走肉一般的尼金斯基而已。

尼金斯基辉煌的一生，饱尝悲情与苦恼，最终落得如此结局，就像被冰雪封冻的冬日湖泊一般，即使凿碎寒冰，深入湖底探寻，可能已是一无所有了。

“今天早上，爸爸跟妈妈说，‘品子也许从未思考过尼金斯基的悲剧吧’……”

品子跟友子说道。

友子默不作声，于是波子像替她回答似的说道：

“矢木是因为害怕战争和革命，所以才想起了尼金斯基。”

“不过，尼金斯基在战争期间，还能在世界各国跳舞演出吧。哪怕是精神错乱后，他也是世界级的大师啊。还可以去瑞士、法国和英国这些地方疗养。像爸爸、我们这样的人，无论发生什么事，变成什么样，都只能被赶进日本的纸糊的帘子里关起来，和人家可是大为不同啊。”

“就是因为我们不是世界级的天才……大概也不会变得精神错乱吧。”

友子说道。

“可是，友子姐你昨天晚上说的那些话，有点儿不对劲呀。我听了之后，感觉自己的脑子也快不正常了。”

“品子，友子的事，妈妈会跟她商量的……”

“是吗？如果友子姐能听妈妈的话就好了……”

品子没有看向友子，收拾起了唱片。

“哎呀，我来收拾。”

友子赶忙走了过来，品子用肩膀碰了碰她，说道：

“求你了，就留在妈妈这儿吧。明年春天，妈妈的学生们要办表演会，到时候咱们俩一起跳《佛之手》吧。”

“春天？几月份？”

“几月，还没定，不过会尽早办的。对吧，妈妈？”

波子点了点头，说道：

“时候不早了，品子你快过去吧。”

出了地下室，品子垂头丧气地走在街上。走到东京站的附近，她在一片建筑工地前驻足了片刻，抬头仰望起了施工中的钢筋混凝土建筑。

爱的力量

进入十二月，连着几日都是杲杲冬阳的好天气。

舞蹈家们的秋季演出也大多都结束了，只剩吾妻德穗和藤间万三哉[①]夫妇的《长崎踏绘》、江口隆哉和宫操子[②]夫妇的《普罗米修斯之火》等表演还留到了本月。

吾妻德穗和宫操子，年龄都与波子相仿。

波子自年轻时，即从十五、二十年前，就一直关注这些人的舞蹈。吾妻德穗跳的是日本舞，宫操子跳的则是所谓的“新舞蹈”（Neue Tanz）[③]，虽然都与波子等人跳的古典芭蕾风格舞蹈不同，但他们两对夫妇均长年坚持夫妻共舞，这

①藤间万三哉（1915—1957），日本舞蹈家，初代吾妻德穗的丈夫。

②江口隆哉（1900—1977），日本舞蹈家，1931年与妻子宫操子前往德国留学，学习新舞蹈（Neue Tanz），1933年末返回日本。宫操子（1907—2009），日本舞蹈家，是日本现代舞蹈的先驱者。

③第一次世界大战后在德国兴起的舞蹈形式。特点是摒弃形式性的古典技法，尊重内在表现力，追求现代性的表现主义舞蹈。

让波子颇有所感。

波子也和他们一样，经历了日本舞蹈的时光流转、岁月变迁。

江口隆哉、宫操子夫妇去德国留学时的告别舞会，以及回国后的首次演出，波子都去观看了，并且留下了鲜明的印象，那是昭和十年（1935年）之前的事了。

当年人们宣称“舞蹈的时代来临”，五花八门的舞蹈家们蜂拥而起，热衷于举办各式各样的演出活动，一时之间舞蹈会的观众甚至比音乐会的还要多。

也正是在那个时期，西班牙的舞蹈家阿亨蒂娜①、黛莱西娜，法国的萨哈罗夫夫妇②，德国的克罗伊茨贝格③，美国的露丝·佩奇④等人相继来到日本演出。

波子曾听说，那位米哈伊尔·福金——即达基列夫的俄罗斯芭蕾舞团自创建伊始，便以编舞而闻名的大师，也曾希

---

①本名安东尼娅·梅塞·伊·卢克（Antonia Mercéy Luque，1890—1936），艺名阿亨蒂娜（La Argentina），西班牙舞蹈家，出生于阿根廷布宜诺斯艾利斯，创造了西班牙舞蹈的新古典主义风格，被誉为“响板女王”。

②亚历山大·萨哈罗夫（Alexander Sakharoff，1886—1963）与其妻子——克洛蒂尔德·冯·德普（Clotilde von Derp，1892—1974）。萨哈罗夫出生于俄罗斯，后移居到法国。克洛蒂尔德，德国表现主义舞蹈家。1919年二人结婚，后来以“萨哈罗夫”为名进行巡回演出。

③哈拉尔德·克罗伊茨贝格，（Harald Kreutzberg，1902—1968），德国舞蹈家、编舞家。因其与纳粹德国宣传部关系较好，有人称其为“纳粹德国的舞蹈大使”。

④露丝·佩奇（Ruth Page，1899—1991），美国芭蕾舞演员、编舞家，创作了一批以美国为主题的新作品。

望来日本，甚至还有传言称福金要为宝冢歌剧团[1]和松竹公司的少女歌剧团[2]编排舞蹈。

虽然西方的舞蹈家纷至沓来，但其中古典芭蕾的舞者却没有一人，因此，波子满心期待福金能够到来，可最终此事还是止于传闻而已。

波子从未见识过正宗的芭蕾舞，她一直以来跳的都是芭蕾风格的舞蹈。自己对于古典芭蕾的基本练习是否掌握正确、是否真正练到了家，连她本人也不甚清楚。

摸索、怀疑和绝望，都伴随着年龄增长而逐渐加深。

战争结束后，日本也流行起了芭蕾舞，现如今像《天鹅湖》《彼得鲁什卡》等俄国芭蕾舞的代表性作品，也逐步开始由日本人表演、搬上舞台。而波子还是感到胆怯。

有时候，她会对于要求女儿学芭蕾，以及自己教芭蕾的事都感到垂头丧气、犹豫踌躇。

自友子从排练场辞职之后，波子似乎越发丢失了授课的自信。恐怕是友子的无私奉献才支撑起了波子的信心吧。

波子感觉有些疲倦了，她好像有点儿感冒，连排练场都

---

①宝冢歌剧团，本部位于日本兵库县宝冢市的歌舞剧团。大正三年（1914年）由日本阪急企业创始人小林一三创立。现今剧团有花、月、雪、星、宙五个表演组以及专科，宝冢歌剧团演出的演员均为宝冢音乐学校的毕业生，而且全都为未婚女性。

②松竹歌剧团，于1928年至1996年间活跃在日本的舞台剧和歌舞剧团。表演者属于以女性为主的“少女歌剧”。母体为松竹公司，根据地在东京浅草地区。

暂停营业了四五天。

“妈妈，要不然我这段时间去日本桥那儿吧。”

品子也很是担忧母亲，“友子姐回来之前，我来帮您不行吗？”

“她是不会回来了。不过她曾说还要回我这儿，说不定什么时候就会回来……”

“我去见一见友子姐喜欢的那个人。不过，那个人的姓名、住址，友子姐都不肯告诉我。怎样才能打听到呢？”

品子这么说着，而波子只是有气无力地应了一句：

“是啊。”

“去问友子姐的妈妈，不太好吧？”

“是不好。”

波子一边心不在焉地应和着一边思索着：今年年底或者明年正月，友子的母亲是否会如往年一样前来拜访？如果真来了，自己到时候该说些什么才好呢？

友子的母亲早年丧夫，靠着四五间房屋的租金，把友子抚养成人，但战火却将这些房子尽数烧毁。友子开始帮波子打理舞蹈教室后，她母亲也在附近的商店打工谋生。

波子一直为自己无法养活这母女二人而于心不安，一直想着“总有一天要帮她们”。然而，波子的“总有一天”还未到来，友子离去的日子却早早迫近。

这个“总有一天”的愿景，不仅仅是为友子而存吧。波子意气消沉，感到深深的孤独。

即便卖掉首饰宝石、出售宅邸的别院，波子也希望能帮到友子。但友子一是清楚波子的生活处境，二是她也不愿过分仰赖波子，便断然拒绝了。波子也无可奈何，自己和友子之间，性格上的差异也好、生活中的差异也好，都如同矗立着一堵高墙，不可逾越。

“品子，你可别冒冒失失地去见友子的妈妈哦，说不定她妈妈什么都不知道呢。”波子说道，“还有，日本桥的排练场那边，没有友子也能干下去，你不用担心啦。你现在还是先别想着教别人为好。”

波子害怕自己心中的阴影会传染给品子。

就在波子暂停营业的休息期间，有两个东京的和服店的人、一个京都的和服店的人来到家里拜访，三人还都谈到了自己被盗的事情。

东京的一人，是在拥挤的电车上被人划破了提包，丢失了一大笔钱，另一人是把行李放在了电车行李架上，结果被顺走了。

京都的和服商是在乘国营电车去大阪的途中，被人直接抢走了放在自己膝头的行李。就在电车发车时，车门即将关闭的瞬间，盗贼夺走行李，飞奔离去。

“周围的人都大叫起来，而我这个被抢的当事人，反而被惊得愣在原地，没吭一声。”

京都的和服商干脆站了起来，愤愤地连说带比画，“那个小偷就像这个样子，一只脚踩在车门口，摆好架势，随时都准备好跳车呢。”

波子把这些年关将近、到处都不太平的事件讲给矢木听，矢木反而说道：

“哼，一个两个的都跑到你这儿来，真是物以类聚，人以群分呐。你是不是迷迷糊糊地同情起人家，又在他们那儿买了些什么吧？”

被矢木这么一说，波子顿时无言以对。

波子从京都的和服商那里给自己买了一件羽织外套。本来也打算在东京的两家店同样买些什么。最后什么都没买，她还有些过意不去。

原本看到一款茨城县结城产地的、上好的十字碎花衣服，就想买下送给矢木。若是以前，哪怕手头拮据，自己也会买下给丈夫穿上，一想到这儿，波子又添了一层过意不去。

那件十字碎花衣服，在波子的眼前挥之不去，她本想提起，却先在矢木这里碰了一鼻子灰。

“快到年关了，没必要拿着那么多钱挤电车吧？”

“话是这么说……”

“既然知道那么多抢劫犯都是趁着关车门的时候作案，就别坐在车门旁边的位置嘛。”

矢木气定神闲地继续说着，波子却焦急了起来：

“人家不是很可怜吗？咱们家也是，以前受人家关照的……帮我们卖掉不少旧衣服呢。”

“都是生意吧。”

“也有不是纯做生意的时候。咱们也是老主顾了，人家为我也好、为品子也好，都一直精心挑选最适合的衣服，让我们能穿在身。那些战前收藏的好物件里，有些也是和服店忍痛割爱卖给咱们的，是把咱们当自己人对待啊。多可怜啊……”

“多可怜？”

矢木像在反问，“可怜什么？你怎么，声音都抖起来了？”

这些平日里看似无关紧要的小事，此时却令波子反应剧烈。

那三位和服商，在战前都坐拥着相当规模的铺子。京都的和服店当年疏散到了福井县，却在那里遭遇了地震。战后五六年的光景过去了，他们依然无法重建店铺，临近年关又遭遇抢劫盗窃，来找波子时三人均是满脸的无计可施。

在被矢木冷嘲热讽一番后，波子想到，如果拜托那些来日本桥、来家里学舞蹈的姑娘们，应该能帮着卖出去一二十套的布料。于是她急忙拾掇了一下，去了东京。

排练场内只有学生，她们同往常一样，在练习基本功。有两名资格比较老的学生站在队列之外，像是在代替波子和友子指导其他同学。

“哎呀，老师。您身体好些了吗？”

“您的脸色不佳啊。”

学生们都聚了过来，簇拥着、搀扶着波子，让她坐在椅子上。

“谢谢。休息了几天，实在不好意思。我只是看着有点儿孱弱，没有病倒不起。”

波子抬起头，想看看身边的姑娘们，却突然咳嗽不止，咳得眼泪都出来了。

一位姑娘掏出手帕为波子擦拭眼睛。

“没关系，你们继续练功吧。我稍稍休息一会儿……”

波子说罢，进了小房间，盯着桌子上的电话看了一会儿，接着拨通了竹原的号码。

竹原来到排练场时，波子正独自一人坐在暖炉旁的椅子上，她一只胳膊搭在把杆，脸伏在胳膊上。

“谢谢你打电话给我。听你电话里声音和平时不太一样，我本来想马上就赶过来，可正好有一个买小型相机的顾客在，搞出口贸易的。”

竹原站到波子面前，摘下帽子，把帽檐塞进把杆与墙壁间的缝隙中。

波子湿润着眼眶，抬起头望着竹原。她的额头上还留有袖子压出的痕迹，眉毛也被压得稍显凌乱。

“对不起。”

波子像不知道要讲什么似的，开口说道，“我有点儿感冒，连排练都休息了几天。”

“是吗？你看上去还是很疲惫的样子啊……”

“各种各样的烦心事。”

竹原站在原地，俯视着波子，忽然他移开了视线，说道：

“一进这间屋子我就闻到有煤气味儿，不会煤气中毒吧？”

“啊。煤炉这就关掉，开始排练后马上会热起来……”

波子说着，转头看向镜子，“哎呀，脸色苍白……”

波子用指尖顺了顺眉毛，像被人看到一副睡眼惺忪的模样有些难为情。她连口红都没涂。

竹原环顾四周，说道：“墙上的镜子，还没装好啊。”

“嗯。”

最开始办起这间排练场时，就说要在一整面墙上铺满壁镜。可现在只在墙上装了两块裁缝店穿衣镜大小的镜子。

“现在可能也顾不上镜子了。”

波子微微一笑，但对镜中自己憔悴的模样却感到介怀。

头发也有四五天没好好打理了，今天出门前只是随便用梳子向上拢了几下便跑了过来。

以这副模样见到竹原，波子反而感到释然，这又让她心中对竹原涌起一股令人怀念的熟悉之情。

“今天本来也打算在家休息的，可突然起了念头，就出来了。”

竹原点了点头，坐到了椅子上。

“听你电话里的声音，我还以为出什么事了。进来之前，我没想到你会一个人在这儿，你刚刚那副样子，在想些什么啊？”

“想些什么……”

波子略显犹豫，眼睑间浮现一抹哀愁，“想起了一些无聊的事。那个……护城河里的，那条白色的鲤鱼……”

“白鲤鱼？”

“是啊，日比谷十字路口附近的，护城河拐弯的地方，不是有一条白鲤鱼嘛。上一次我看那条鲤鱼，还被你说了一顿呢……”

“是有这么回事。”

“后来我还问过品子，她说那儿有鲤鱼一点儿都不奇怪。”

波子继续说道，“那条小鲤鱼，在护城河的角落漂浮着，谁都不会注意到，可偏偏停留在我的眼中，这就是我的性格。竹原，你之前是说过这话吧？”

“说过。鲤鱼和你，同为孤独者，同病相怜。你在那儿低头瞅着护城河，我真想从后面朝你背上狠狠拍上一巴掌……”

“你还数落我，说我该抛弃这种性格。”

“看你那样子，我都觉得不好受了。”

“但就算无人问津，鲤鱼也在那儿游着。当时我就是这么想的。所以后来才跟品子说起来。”

“和她说，跟我一起看的了吗？”

波子微微地摇了摇头，“品子跟我说，那里本来就常有鲤鱼聚集。应该是到了傍晚，只剩下一条了吧……带孩子去日比谷公园游玩的人，回家时会把便当里剩下的面包渣呀、饭粒之类的，投到河里喂鱼……那儿本来就是鲤鱼聚集的地方，有鲤鱼一点儿都不奇怪。”

“是嘛。”

竹原嘴上应答，目光却是反问的神色。

“听了品子的话，我觉得你数落的确有道理，自己都感觉自己没出息了。当时那条小小的鲤鱼，莫名地选择一处僻静之地，孤零零地在那儿，我看了仿佛感同身受一样。”

“就是说嘛。”

竹原若有所感，“这种事，你可是常有发生。”

“我也这么觉得呀。对一条平平无奇的鲤鱼，我都会心生可怜。明明和你在一起，却总会注意到这些东西，忽然感到一阵寂寞……”

话一出口，波子猛地一怔，眼中闪过一抹光亮，随后低下头去。

她的眼睑微微泛红，脸颊也染上了淡淡的绯色。

“对不起。”

波子像是为了缓解内心的压抑，轻轻地吐出了这句话。

竹原注视着波子。

“你能不能，别去注意什么白色鲤鱼呢？”

波子听后眨了眨眼，左肩微微倾斜了一下。那动作让竹原觉得，她的肩上似乎承受着某种无形的重压，使之变得僵硬。

竹原站了起来。他向后退了两三步，随即又朝波子走近。

波子把自己的右手搭在左肩，双眼闭上，接着整个人朝前倾倒了下去。

“波子！”

竹原赶紧从一旁扶住她，接着绕到她身后，轻轻将她抱住扶起。

他将自己的右手覆在波子的右手上，然后温柔地握住。波子的手指在竹原的掌心中卸下了力气，从肩头滑落下来。波子玉手那冰凉而细腻的触感，渗到了竹原的整个身子。

竹原弯下了身子。

“太晚了啊。”

波子低声说道，侧过脸去。

“太晚了？”

竹原重复着波子的低声私语，接着语气坚定地说道：

“一点儿都不晚！”

然而，在否定这句话后，波子所言的“太晚了”这几个字才开始真正进入竹原的内心。

竹原像是有所犹豫，身子僵住，一动不动。

他的下巴挨着波子的秀发，低头就能看见她的耳垂，波子微微扭动的颈部，后发际线处露出了白皙的肌肤。

波子今天没有佩戴耳饰。

这几天因为感冒她都没有泡澡，所以今天从家出门时比往常多喷了些香水。卡朗黑水仙的香气中，似有若无地混杂着宛如枯草烤焦般的发香。

竹原的右臂依然覆盖在波子的右臂之上。由于波子的右手从左肩放了下来，两个人的姿势变成了竹原轻轻环抱着她的胸口，波子急促的心跳也传递到竹原身上，尽管并未直接触碰到心口位置，竹原也能感受到她心脏的搏动。

“波子，一点儿都不晚。”

波子轻轻地摇了摇头，把刚才转向一旁的脸又扭了过来，正对着竹原。

竹原用胸膛支撑着波子的身子，将嘴唇靠近她的上眼睑。竹原刚才也是，想轻吻波子的眼睑。

波子闭上了眼睛，她的上眼睑像在诉说着什么，比嘴唇能吐露诉说的言语更加温暖、更加悲伤。

然而，还未等竹原亲吻触碰到，波子的眼睑便渗出了泪珠，溢满了睫毛。双眼皮的曲线，在润湿的睫毛衬托下，显得越发美艳动人。

瞬时之间，泪珠从眼角流了出来。

竹原的嘴唇正欲靠近滑落的泪珠之时，“不要，我害怕。”

波子摇动着肩膀，说道，“我害怕。有人在看着。”

“有人看着？”

竹原抬起头。波子也睁开了眼帘。

透过对面采光用的窗户，可以看到路上行人的双腿。

细长的窗户比路面略微高一点，只能看到行人的小腿部分一闪而过。膝盖和鞋子都看不见。

地下室里灯光明亮得刺眼，而外面行人步履匆匆的街道，已然笼罩在暮色之中。

“我害怕。”

波子刚要起身，竹原的手臂一松开，她便像失去了重心似的，踉跄地向前倾了一步。

“放开我……”

波子踉踉跄跄地向前径直走开。

竹原望着波子远离，却仍然感觉自己仿佛还抱着她。

“咱们从这儿出去吧。”

“好。稍等一下……”

波子瞅了一眼镜子，又像是被镜中的自己惊到般似的迅速离开了。

当天晚上，波子回到家时还未到九点，比品子还早些到家。

品子因为还要编舞，大概回家要晚些吧。能比品子先回来，让波子松了一口气，她觉得这样更容易解释了。

波子推开丈夫房间的拉门后，手指还紧紧抓着门把手，轻声说道：

“我回来了。”

“回来了，挺晚的啊。”

矢木从桌前转过身来，说道，“你出去这一趟，身体没什么事吧？”

“没事。”

“那就好。”

矢木拿起一个锡制的茶叶罐向波子晃了晃，“这里面都空了。”

波子来到茶室，准备将玉露茶补充进空空如也的小茶罐，可手却不听使唤，一不小心把茶叶洒在了榻榻米上。

当她把茶递给矢木时，矢木已经开始埋头写作，甚至没有抬头看她一眼。

“今天要忙到很晚吗？”

波子本打算默默地走开，却还是开口问了一句。

“不，天冷，我会早点儿睡的。”

波子回到茶室，把洒落的玉露茶叶拾起来丢进了火盆里烧掉。

焚烟消散后，仍残留有气味儿。

波子想在房间里随便走上几圈，但她悄悄抑制住了内心的想法。

她原本还打算回到家后就直奔排练场，弹弹钢琴，也没能如愿。

在回程的电车上，波子听到了贝多芬的《春天奏鸣曲》。这首曲子承载着她与竹原的回忆。遥远往昔的回忆通过音乐，仿佛成了遥不可及的梦，又像是近在咫尺的现实。

“要是品子回来看到，就麻烦了。”

波子喃喃自语道。

为了不让品子察觉到自己掩饰不住的欣喜，唯一的办法就是躲进被窝假装休息。因为感冒而早早就寝，矢木和品子想必都不会感到任何奇怪之处吧。

从日本桥的排练场离开后，波子应竹原的邀请一起去了西银座的大阪料理店，然而用餐时她始终惦念着回家的时间。而在新桥站与竹原告别后，波子反倒任凭自己的情感决堤，让喷薄的思绪一泻千里，沁润身心。

回到丈夫身边后，波子反而感到自己不再恐惧丈夫，比和竹原在一起时平静多了。

“啊。”

波子铺被褥时，差点儿叫出声。

一个念头如闪电般划过她的心间：无论是在护城河边，还是日本桥排练场，跟竹原在一起时，那些突然袭来的恐惧发作，实际上是爱情的发作吗？

波子把被褥扔到地上，坐到了上面。

“怎么可能会有这种事……”

尽管她强烈否定掉这个念头，躺进被窝里平复心情，但她仍对那个闪电般的念头惶恐不已。波子合十了双掌。

就在她试着逐一回想《大日经疏》中合掌的十二种礼法之时，矢木走了进来。

双手手指、掌心紧紧贴合，是为“坚实心合掌”；掌心之间稍留空隙，是为“虚心合掌”；手掌微圆、呈花蕾状，是为“未开莲合掌”；双手拇指、小指相贴、其余三指分开，是为“初割莲合掌”；掌心相合，十指交叉，是为“金刚合掌”，又称“归命合掌”——至此是最像合十的合掌手型，容易记住，不会忘掉。

然而剩余的七种掌法，如双手掌心向上、手指弯曲，呈掬水状的“持水合掌”；掌背相对、手指相叉的“反叉合掌”；双手拇指相贴、掌心向下的“覆手合掌”……这些不像合掌的“合掌”，波子就只记个大概，有些即便动作能做出来，却想不起来名称。

波子为忆起手型，从头开始重复了两三遍，就在做到“归命合掌”的时候。

“怎么样了？睡了吗？”

矢木突然拉开拉门，看着一片昏暗中波子的卧姿，如此说道。

波子猛地一惊，依然保持着合十姿势，将双手抽回胸口。

“归命合掌”是死者的合掌姿势，也是蜷身缩体，表示恐惧战栗的手势，同时还是祈求恕罪、祈求怜悯的手势。

波子交叉的十指发力，双手紧紧贴在胸前。

她感觉矢木是觉察了竹原的事情来兴师问罪的。

“出门一趟，还是累着了吧？”

矢木将手抵在波子的额头上，“没发烧嘛。”

一边说着，然后用自己的额头贴在波子额头上，“倒是我的更热呢。”

波子像要避开矢木一样，将放在胸前的手移到额头，自己摸了一下，又突然惊叫一声：

“哎呀！讨厌。我、我没洗澡……都六天没洗了……”

不过，波子抑制住了自己身子的颤抖。

她努力掩盖内心的绝望。

而当内心的绝望尽数倾泻而出后，她仿佛突破了不贞的恐惧和罪恶感，获得了解脱。

波子流下了热泪。

过了一会儿，从客厅传来了矢木的声音：

“喝点儿热柠檬汁怎么样？”

“好啊。”

“加糖吗？”

“多加点儿……”

波子回想起，自己到家时曾问矢木：

“今天要忙到很晚吗？”

这话听起来是不是像在主动暗示什么？她不禁咬紧了嘴唇。

波子呷着热腾腾的果汁，听见了品子回家的脚步声。

“妈妈呢？”

品子刚走进客厅便开口问道。

矢木故意用波子也能听见的音量回答道：

“她去了一趟东京，有些累了，正睡着呢。”

“啊，妈妈出门了吗？”

品子似乎想往波子的卧室走去，矢木却喊住了她：

“品子。”

听外面的动静，品子似乎坐到了父亲面前。

矢木想要说些什么？波子一面竖起耳朵仔细去听，一面在床上左右辗转翻身，用手把散乱的头发拨拢起来。

矢木叫住品子，不让她来卧室，就是为了让自己有时间整理一下仪容吧。波子意识到这点，原本忙碌的手指，突然停住了。

“爸爸，那是……热柠檬？”

见父亲叫住自己却又沉默不语，品子便问道。

“是啊。”

“我也想喝。”

波子听到了往杯中倒热水和汤匙搅动的声响。

矢木似乎在注视着品子的动作，“品子。”

矢木再次开口说道，“我之前看高男的笔记，上面有一段话，说在这个世界上，最亲密的关系，莫过于一兄一妹。”

听到这突如其来的话语，品子此刻应该正盯着父亲吧。

“这是尼采写给妹妹的信中的一句话。”

矢木继续说道，“品子，你怎么想？你和高男不是一兄一妹，而是一姐一弟，和尼采他们相反。高男应该是觉得这句话讲得很好，才抄写在笔记本上的。尽管年纪大小相反，但都是一男一女，你们俩是一母同胞的亲人……‘这个世界上最亲密的关系莫过于此’，讲得真好，对吧？”

“讲得很好。”

“高男他就是这么想的。所以品子，你也把尼采这句话写在哪儿才好。”

“好的。”

品子顺从的答复传入波子耳中。

然而品子又像突然想起什么似的，问道：

“爸爸，您和姑姑也是一兄一妹吧？”

品子似乎是言者无意，而波子听后却心头一惊。

矢木和他妹妹，早已形同陌路，现在更是彻底断绝了来往。

矢木的妹妹在波子娘家的帮扶下，从女子高等师范学校毕业后，跟矢木母亲一样，成了一名女教师。随着年龄增长，妹妹和哥哥嫂子一家渐行渐远。究其原因，是矢木的过错？妹妹的过错？还是波子的过错？恐怕兼而有之吧。又或许是自然而然的结果。然而，波子与丈夫的妹妹，无论生活方面还是性格方面都合不来却是事实。波子一见到这位妹妹，就感觉她和自己是分属不同世界的人，这种异样感从婆婆以及自己丈夫身上也都能觉察到。

听品子提起自己的妹妹，矢木会如何作答呢？波子等着听他回复，却听矢木说道：

“这么一说，我和你姑姑倒也很久没见过了。正月给她寄一张贺年卡吧。咱们一家人都给她写点儿拜年话。”

品子似乎并未在意矢木的敷衍了事，继续说道：

“爸爸您今天早上说起尼金斯基的事了吧？尼采呀、尼金斯基那些发了疯的天才……尼金斯基的哥哥也是在他小时候就死了，家里只剩他和他妹妹，变成了一兄一妹吧。”

今天晚上高男回家也会很晚，矢木向品子说起高男的事情。波子听着，感觉这些话好像是讲给自己听的。

难道矢木已经识破了波子与竹原见面而归的事情，拐弯抹角地警告身为人母的波子吗？一个姐姐和一个弟弟，一个父亲和一个母亲，这个世界上最亲密的关系莫过于此……

品子似乎对父亲的话语有所触动，但却转而提及矢木的妹妹，又称尼采为疯子，这让波子也感到有些不知所措。即便品子并非打算出言讥讽，波子在暗中听着，却感到一阵寒意和一股莫名的无力感。

“妈妈。”品子叫了她一声。

波子没能应声。

“妈妈睡着了吧。”

品子又问父亲，“妈妈也喝热柠檬了吗？”

“哎呀，真讨厌。”

波子情不自禁地身体发颤，“这孩子怎么回事？”

波子感觉到，潜藏在女人内心深处的不堪与肮脏、这种女人的直觉作用在了品子身上。

“妈妈也喝热柠檬了吗……”

品子只是出于关心才那样说的吧？

接着，波子长长地舒了一口气，意识到令人生厌的不正是自己吗？头脑中只留下自己面目可憎的样子。她感到自己被自己的丑陋所触怒，因而引起了莫名的憎恶发作。

波子感觉自己的丑陋，就那么原形毕露地、以一副丑陋女人的姿态横卧于此。

是因为自己心中有愧，因此刚才回到家后才主动向丈夫发出暗示邀请吗？

还是说因为惧怕罪恶的气息，而一反常态地、主动沉溺于波涛之中吗？这罪恶感是双重的，对于丈夫，也对于情人。然而，正因如此，愉悦感反而也像叠加了双重。如此一来，自己对丈夫、对情人，又都增添了一层怪异的罪孽。

波子试图以憎恶、悔恨和绝望巧妙地掩盖些什么，但今天她脱胎换骨、躯体一新。

这是为什么呢？是因为没有拒绝竹原吗？

竹原看见波子那副害怕的样子，连她的嘴唇都没碰一下，但波子并非因为恐惧才拒绝竹原的。

那份恐惧的发作，其实就是爱情的发作吧？当内心生出这个如闪电般的念头、把手中的被褥扔在榻榻米上的时候，正是波子的命运之时吧？

那道闪电，仿佛照出了波子的原形。

波子想到，也许她正是戴着恐惧的假面，欺骗了竹原，也欺骗了自己。

吾妻德穗和藤间万三哉夫妇的舞剧——《长崎踏绘》在帝国剧场有四天的演出，波子去观看了最后一天的表演。

开演时间是五点，波子两点就从北镰仓站出发，顺路去了趟银座，在一家贵金属商店把戒指给卖掉了。就是原本要给友子的那枚戒指。

戒指换成了现金，是不是要把其中的一部分钱送些给友子呢？波子边走边犹豫。

“当时友子要是肯收下这枚戒指就万事大吉了呀。”

友子之前曾经替波子跑腿来过这家贵金属商店。她当时如果接下戒指，大概也会卖到同一家店吧。

距离那次都没过几天，波子却为了自己来把戒指卖掉了。她想着，如果把钱带回家，能分给友子的金额恐怕又会减少吧。

波子最后决定委托邮递员直接把钱送到友子家，于是她又折返回了新桥车站。

她正在邮递员聚集的地方清点千元面值的钞票时，突然“哎呀”一声，回过头看去。她以为是竹原在用手触碰了自己的肩膀。

然而，只是其他顾客的行李碰到了而已，站在那里的是名年轻男子，拿着一件细长的行李，与竹原无任何相似之处。男子抱歉地说道：

“对不起。”

“没关系。”

波子脸红了起来，胸口一阵发热。

一万日元，她重新数好后，将钱用手帕包了起来，又在手帕上写好友子的住址。

“啊？您要把钱裹手帕里一起送过去吗？”

工作人员大吃一惊，“我们有袋子的，给您拿一个吧。”

“给我拿一个吧。”

波子刚才狼狈慌乱中，一时间竟然想到用手帕包裹钞票，甚至自己没意识这种行为十分怪异。

然而她一离开那个让自己难为情的地方，不禁哧哧地轻笑了起来。

她来的路上也是，一边走着一边考虑寄多少钱给友子，不时路过各家服装店，每每看到橱窗里展示的男装，就心想这些衣服竹原穿上身来合不合适。在她眼中，整条街上只有适合竹原的商品才显得活生生的。那些商品在等待着波子、呼唤着波子，她眼前还浮现出竹原穿戴上这些服饰的身姿。

友子的事情姑且告一段落后，店里的男士服饰看起来越发活灵活现。看到橱窗里的围巾，波子仿佛感觉自己的手已经触碰到了竹原那裹着围巾的脖颈。她不由自主地走进商店，买下了这条围巾。

“啊，真开心。不过感觉像是友子替我买的呢。算是你临别留下的礼物吗？”

波子喃喃自语着，又买了一条毛织材质的领带。

她穿过曾与竹原一同漫步过的护城河畔，朝帝国剧场走去。波子来得太早了。

登上二楼，只见休息室的柱子和墙上，挂着林武①和武

---

①林武（1896—1975），本名为林武臣，日本西洋画家，擅长画女性、花卉、风景等。

者小路实笃[1]等人的绘画。波子还奇怪这是怎么回事，原来是二楼布置了一个名为“花与和平之会”的小卖场，还能看到一些带有诗人、作家签名的美术方纸，那些绘画可能也是这个“花与和平之会”的。

波子挑了一把比较舒适的椅子，正坐在上面欣赏林武的一幅名为《舞娘》的蜡笔画时。

“波子夫人。”

突然她的肩膀被谁拍了一下。

“您看得真入神呐。”

拍肩膀的动作和声音一齐出现。这次肯定是竹原没错吧？然而波子还是吃了一惊。

“好久不见。”

沼田又重新打了声招呼。

“久违了……”

“真巧啊，在这儿碰到您了。”沼田坐下之前，回过头来看起《舞娘》，“真是幅好画啊。嗯，拿着扇子……”沼田说着，朝画作走近。

波子心想，若是回家前都被他一直纠缠住，可如何是好？

肥硕的沼田一坐下来，压得长椅的一侧有些下沉。波子的身子也往下沉的一侧倾斜，于是她悄悄地往另一边挪了挪

①武者小路实笃（1885—1976），日本著名小说家、诗人、剧作家。白桦派的代表作家之一。代表作有《荒野》《没见过世面的人》《幸福者》《友情》等。

身体。

“上个月，我还见了矢木老师……”

“是吗？”

波子毫不知情。

“我收到他从京都寄过来的信，把我叫到了幸田屋。我以为有啥事呢，赶紧跑过去，结果好像也没啥事。我原本以为肯定是商量波子夫人您的事，不过矢木老师像是要从我这儿打听点什么。竹原先生的事啦、香山君的事……”

沼田观察了一下波子的脸色，“我随便糊弄了几句，搪塞过去了。还谈论起波子夫人您的青春呢……”

波子微微一笑想蒙混过去，面颊却染上了红晕。

“今天见到您，我真是大吃一惊啊。怎么说呢，您就像盛开的鲜花一样艳丽迷人呐。”

“别说笑了……”

“不，不，您看上去真的像是一朵绽放的鲜花。”

沼田又重复了一遍，“我还跟矢木老师建议，让您重登舞台，梅开二度呢。”

“怎么可能？我连排练场都准备不做了……”

“为什么？”

“没有信心。”

“信心？夫人，你猜东京有多少家芭蕾培训所？有六百家啊，六百……”

“六百？”

波子大吃一惊，像是颇为无奈地说道，“哎呀，真可怕。”

“据说是有好奇之徒调查出来的。像大阪就有四百家……”

“大阪有四百家？真的？难以置信。”

“要是把各个地方城镇的也算上，可是个了不得的数字呐。”

沼田继续说道，“不知道谁曾写过，说芭蕾不是义务教育。真的，现如今确实是芭蕾舞的狂热时代啊，有人说这话也不奇怪。女孩子们都跟得流感似的，染上了舞蹈症。听说有位舞蹈家被税务局的人讽刺，说近些日子最赚钱的，就数新兴宗教和芭蕾舞了吧。”

“怎么会……”

“不过我真觉得这回的芭蕾舞热潮，非比寻常呐。确实正如某些非议所说的，古典芭蕾不符合日本人的生活和体格、基础都打不牢固、随随便便地编段舞蹈就搞演出。不过，全国遍地的姑娘们都开始跳来蹦去、旋转绕圈，实在吓人呐。也就是说，被淘汰的牺牲品会越来越多。众多牺牲品中会有天才脱颖而出。不过要托起一名天才，就得有垒成山的一堆废物。招摇撞骗的老师也是多多益善，半吊子的芭蕾舞演员也是多多益善。事物兴盛起来，大概就是这么个路数吧。我是非常乐观的，日本的芭蕾舞前景一片大好，我的工作也是。”

沼田越说越来劲，“东京的芭蕾培训所就算从六百家涨到一千家，也没什么可大惊小怪的。低层次的越来越多，夫人您的排练场，自然就会被衬托凸显出来了吧。”

“你这说得有点儿奇怪呢。”

“无论如何，现在可不是畏缩隐退的时候啊。请波子夫人您也以芭蕾谋生啊。”

“谋生？”

“就是谋生啊。要加强商业意识，说以芭蕾为业，会不会有些失礼？但是近些日子，那些学芭蕾的姑娘都想以芭蕾当职业，要成为专家，可多得很呐。”

“是啊。我就是觉得那样很可怕呀。”

“不这样不行啊。像千金大小姐们把芭蕾当成消遣，可是……夫人，当年我可是承蒙您多方关照，现在该轮到我报恩了，为您做什么都成啊。第一步，办一场您的演出吧。开春了早早地、赶在别人之前办起来。矢木老师那儿，我去跟他谈，没有问题的。之前还跟矢木老师说过，我会极力鼓励您重返舞台的。”

“矢木怎么说？”

“他说‘就算四十多岁的女子还能跳，也就能到下一场战争爆发为止，跳不长的’。哼，二十多年了，都靠您养活，这时间可不短啊。那个人怎么回事……还说什么‘我用的表从来都是一分不差’，把自己老婆都逼得精神错乱了，还说哪门子钟表走针不会错乱啊？”

“我精神错乱了吗？”

“错乱了。不过不像矢木老师那样，疯疯癫癫、抠抠唆唆……夫人，去恋爱吧，用恋爱来为自己重新上紧发条。”

沼田睁着自己的大眼睛，盯着波子，“您差不多也该离婚了，如果说还能跳舞的时间只剩下很短的话，现在是个好时机……您今天就像绽放的花朵一样，那么美丽……”

“你是怎么了？”

“我还想问您呢。夫人，您昨天晚上跟竹原一起在银座逛街了吧？被人看到了哟。”

波子以为被沼田看到了，心头一惊，但嘴上说道：

“我只是找他商量一下排练场的事情。”

“完全没问题，不论是商量，还是别的什么的，您尽管去做就好。要是打算背叛矢木老师的话，我站您这边。那个排练场正好位于日本桥的正中央，离东京站也近，只要夫人您经营有方，发展起来肯定吓人呐。就让我来助您一臂之力吧。”

“嗯，那个……比起这些，我那儿的友子，你也认识吧？要是有什么路子，能让她赚到钱，还要拜托你呢。”

“那姑娘确实很好。可是，光凭她一个人，火得起来嘛？让她跟品子小姐搭档，怎么样？”

“品子是另一码事，她现在在大泉芭蕾舞团。”

“您考虑一下吧。”

开幕的铃声响起。

沼田跟在波子后头，笨重吃力地站起身来。

“夫人，传言崔承喜的女儿战死了，您听说了吗？”

“啊，那孩子……”

波子想起了那名少女，印象中的她年仅十岁，身着友禅[①]图案的长袖和服，高挑儿身细。有时会在演出会场的走廊处碰到她。那孩子和服肩处的衣褶浮现在波子眼前，当时是不是还化着淡妆……

“挺可爱的一个孩子。对了，她和品子差不多年纪吧？是共产党军队的女兵……还是去前线表演舞蹈、慰问演出才……”

波子说着，可脑海中只浮现那个身穿友禅和服的小女孩。

“听说崔承喜一度逃亡到了中国的东北。因为她是朝鲜的国会议员嘛。好像还办了一家舞蹈学校。”

“是吗？前几天我还和品子聊起崔承喜呢。她家孩子，阵亡了吗？”

波子就座之后，那个少女的身影仍未在脑海中消失，仿佛与波子自身的烦扰躁动融为了一体。

沼田说话的腔调态度有些得寸进尺，波子本对他的言辞有些将信将疑，不过听到他说，看见自己与竹原两个人在一起，这也确是事实，无法辩驳。然而今晚，她约了竹原在这里碰面，如何才能避开沼田的眼睛呢？这让波子有些犯难。

明明知道竹原会晚到一会儿，波子还是时而环顾观众

①友禅染是一种施加在布料上的染色技法，为日本最具代表性的染色技法。“友禅”一词最初是指宫崎友禅斋将扇绘应用在染布上色所发展出的独特形式。

席，时而回头看看入口，显得心神不定。

沼田确实如他所言，是站在波子一边。即便是经纪人的工作上，与其说波子被沼田利用，不如说是波子利用他。此外，沼田长期以来没完没了地纠缠波子，伺机而动，甚至还想把品子也当成工具。眼见波子态度坚决，不会落入他的圈套，沼田还声称要当二号替补。也就是说，他的如意算盘是等波子和其他的男人恋爱，感情崩溃、自乱阵脚时再乘虚而入。

波子对于沼田，既不客气，也不能掉以轻心。

这两三年来，波子总是尽量避开沼田。沼田也自然而然有所疏远。一旦见面，沼田必定要讲矢木的坏话，随着波子的心思逐渐远离了矢木，她对沼田的言行反倒越发厌恶。

《长崎踏绘》是由长田干彦[①]创作的新编舞蹈剧，共五幕七场，描绘了殉教变为悲恋、悲恋变为殉教的故事。

作曲是大仓喜七郎（听松）[②]，演奏也是由他创办的大和乐团负责。剧中虽使用了西洋乐器，也应该算是日本风格的音乐，既出现了“清元小调”[③]，也有西方的圣歌合唱。

第一幕的场景是诹访神社[④]的秋日祭典。之所以选取神

---

①长田干彦（1887—1964），日本小说家、作词家、剧作家。

②大仓喜七郎（1882—1963），日本大仓财阀第二代继承人，积极资助如围棋、音乐、舞蹈等多项文化活动。

③也称“清元节”，日本传统的音乐伴奏形式，净琉璃音乐的一种，使用三味线演奏，多用于歌舞伎的伴奏。

④此处的“诹访神社”指的应是位于长崎县长崎市的震西大社诹访神社。日本各地均有名为“诹访”的神社，总本社是位于长野县诹访湖周边的“诹访大社”。

社的祭典之日，应该是因为其与遭禁的基督教呈现相对立的色彩，也是为了演绎祭典的舞蹈吧。

“看了《彼得鲁什卡》的祭典，日本的祭典就显得太过凄凉呐。”

休息的时候，沼田说道。

“日本的所谓‘物哀’，就是如此吧。”

波子回应道。

担心再被沼田缠住，波子决定从下次幕间休息开始，自己便不去走廊了。

尽管昨天已经提前把入场券给了竹原，但两个人的座位不挨在一起，波子因此更加心神不宁。

一直等到临近终幕，在第六个场景开始之前，竹原终于来了。他站在入口大门处扫视搜寻下方的座位。

“这里！”

波子站起身来招呼了一声，向上走了过去。

“啊，我来晚啦。”

“我以为你不来了呢。”

波子突然牵住了竹原的手，她意识到之后又赶紧松开，手中却已经拿着竹原的一只手套。自己这是在帮他脱手套吗？

“西貒皮（peccary）？”

波子把手套拿起来端详了一番，然后装进竹原的衣服口袋中。

“什么西貒皮？”

“一种美洲野猪的皮。”

“我还真不知道。”

“沼田先生也在呢。他还说昨天晚上在银座看到咱们俩了……”

“是吗？”

“在这儿别让他再看到了，真想出去啊。”

波子正要迈下台阶去往座席的方向，“哎呀，我的腿有点儿不舒服。刚才等你的时候，膝盖上面一直用力紧绷着。”

波子说着，活动放松了一下肩膀便走开了。

帷幕拉起，舞台变成了刑场的布景。

殉教者们被强行拖拽，身姿惨不忍睹。一位名叫清之助的工匠也被处以磔刑，他的恋人阿市，趁着夜色偷偷地溜进了刑场，望着被绑在十字架上清之助凄美的遗容，翩翩起舞。

阿市正是由吾妻德穗扮演，波子看着她的舞姿，不禁潸然泪下。因为竹原到了，波子得以安心地欣赏起舞蹈。她内心的感动是如此直截了当、鲜活生动、不可遏制。她仿佛是在为自己而感动。

然而，大幕刚刚落下，波子便立即起身，像是跟竹原示意似的走了出去。竹原也看着波子，顺应地来到她身边。

“虽然还有一场踩踏圣像的戏，不过咱们还是溜出去吧。”

“溜出去？”

“我不怕，我再也不会说害怕了……”

竹原只当是为了不被沼田看到，二人才要溜出来。听到波子说不再害怕，她那声音深处传出的娇艳性感，让竹原颇为吃惊。

“你好不容易过来了，却只看了一场。”

波子说着，脸上反倒显得十分愉悦，“我也算只看了一场而已。不过，吾妻女士的舞蹈真是有股魔力。前半部分我一直心不在焉的，忽然回过神来，就看见她在舞台上翩翩起舞。服装也漂亮，一件是胭脂红的天鹅绒缀着银色的波纹，一件是黄色的天鹅绒绣着花草的图案，两件和服都是天鹅绒的吧？”

接着波子把自己手中的纸包让竹原看，“我见这条围巾跟你很配，就买下来了。”

“送给我？”

“要是不合适可怎么办哟。”

“合适啊。咱们都这么长时间的交情了，对彼此的身材仪态都了然于胸，肯定合适啦。”

“啊，那太好了。”

然而，波子似乎有些过意不去似的，开始谈起了友子的事情，说起自己今天卖了戒指、给友子寄去钱款，又买了这条围巾。

波子自结婚之前，与竹原的关系便时而亲近、时而疏远，二十多年了，倒也不是今天才开始跟竹原吐露心扉。

波子多少有些犹豫，但还是讲了矢木秘密存钱的事情。

“是吗……”

竹原似乎陷入了沉思，“怎么说呢，他还挺可怜的。”

“矢木？可怜？”

“不过，可能不单单是‘可怜’那么简单的问题。”

二人避开日比谷有轨电车通行的线路，沿着一条昏暗的小路，来到了昴座电影院[①]前。站在灯火通明的地方，波子不经意地一回头，只见高男站在那里。

高男盯着自己的母亲。

“母亲。”

高男先开口叫了一声，接着他从昴座电影院的售票口处走了下来。

“哎呀，你怎么在这儿？”

波子站停脚步。

高男回答说是和朋友一起来买票。

“这个时间？”

波子简短地问道。

“嗯，和松坂君一起……我跟您介绍一下，松坂君……”

高男还没说完，看见竹原在一旁，便先向竹原打了声招呼。见他表现得颇有礼貌，波子稍微镇定了下来。

“这是松坂君，是近来和我关系最亲密的朋友。”

看见高男旁边站着的松坂，波子见到他的第一印象，仿

①位于东京千代田区有乐町，二战后的1946年12月建造，1953年发生了火灾烧毁，1966年重建，2019年闭馆。

佛是在梦中见到了妖精似的。

“找个地方休息一下吧。高男你们也一起来，怎么样？”

竹原说道，既不像对波子讲的，也不像对高男讲的。

他们来到银座，进了附近的一家名为欧夏尔的店里。

在入口处，竹原寄存帽子时，波子偷偷地掏出装有围巾的纸包递给他，说道：

“你回去的时候，把这个也带着……”

山的那边

品子带着四名新加入研究所的姑娘去了银座的吉野屋。

她们都是十三四岁年纪的女学生，而且既是同班同学，又一起加入的研究所，这种情况属实罕见。四个人都怀抱着成为芭蕾舞演员的梦想。

姑娘们都急着要买足尖芭蕾舞鞋。尽管品子劝她们：刚开始练习时并不需要立刻穿足尖鞋，可是对她们而言，足尖鞋正是憧憬未来的第一步吧。

品子还是拗不过，无奈带她们来到了鞋店。

一走进吉野屋，姑娘们目光灼灼地盯着足尖鞋，眼中充满了自豪，对那些选购普通鞋子的女客人，眼神中甚至流露出些许轻蔑。

让陪同的男伴为自己买鞋的女人，其表情多种多样；独自一人来买鞋、挑花了眼的女人，有的表情凝重、有的神情恍惚。站在一旁观望的品子也不由感觉这真是一个奇妙的世界。

品子说，自己接下来要去母亲的排练场，然后去帝国剧场观看《普罗米修斯之火》。姑娘们兴奋不已，纷纷表示也想跟着一起去。

“好想在排练场里，一起穿上这鞋试试呀，可以吧？”

一名姑娘说着，一边就在银座大街上穿着自己的学生鞋踮起了脚跟。

“不可以。大泉研究所的人，在外人的排练场里穿什么芭蕾舞鞋，成何体统？”

“品子姐的妈妈，又不是外人嘛。”

“我妈妈那就更不行了。不知道妈妈会怎么说我呢。”

“我们只观摩练习总可以吧？好想看呀。”

“参观也不行……才刚进大泉研究所，就去别家参观怎么行……”

“那……就送您到门口，也不行吗？”

要是看完《普罗米修斯之火》，时间就太晚了，于是品子为了让姑娘们赶快回去，便说江口舞蹈团的技术与古典芭蕾舞的不同。而一名姑娘说：

“总能当作参考吧？”

“参考？”

品子笑了起来。

最终，姑娘们的希望与好奇心，还是裹挟着品子一起来到了波子的排练场。

品子带领的四名少女，用认真的眼神看着那些刚刚结束排练、从地下室走出来的学员们。因为这些人都是穿足尖鞋的同类，而不是穿普通鞋子的女子。

品子和姑娘们告别，下楼来到排练场。

波子正在小房间里，和五六名学生一起换衣服。

品子在一旁等待，随手打开了摆在小桌子上的唱片机，播放的是贝多芬的《春天奏鸣曲》[①]。

品子也知晓，这首乐曲包含有母亲对竹原的回忆。

“久等啦。”

波子走了过来，对着这里的镜子重新审视自己的发型，开口说道：

“品子，高男的那个朋友，叫松坂的那个孩子，你见过吗？”

“我听高男说过那个朋友的事。虽然没见过，但好像长得特别漂亮对吧？”

“真漂亮。说是漂亮，更应该说是一种不可思议的美貌，就像妖精一样……”

波子像是在追逐幻影一般继续说道，“昨天晚上，高男介绍他给我认识呢，就在从帝国剧场回去的路上。”

波子去看《长崎踏绘》的事情品子也知道，而且又被高男撞见自己与竹原见面，品子早晚也会知道吧。出于此种考虑，波子干脆开诚布公地先讲了出来。

---

①《春天奏鸣曲》（the Spring Sonata），贝多芬第五小提琴奏鸣曲的别名，创作于1801年，F大调。

“我都惊讶，竟然会有那样的人。既不像是地上的人，也不是天上的人。既和日本人不一样，也没有西洋人的感觉。肤色虽说偏黑，却不是黝黑，也不是小麦色，怎么描述呢？就像是皮肤外面还蒙着一层泛着微妙光泽的皮肤。他既像个姑娘，又有男子汉的气概”

“是妖怪？还是神佛？”

品子轻声说道，不可思议地看着母亲。

“还是偏妖吧。竟然和那种人做朋友，连高男我都觉得有些奇奇怪怪的了。”

不祥的天使——这是松坂给波子留下的真真确确的印象。

当时波子正和竹原走在路上，高男意外地出现，波子紧张得双腿紧绷、眼前发黑，正是在那一片昏暗中，松坂像一束诡异的光影般站立在前。这就是波子看到他时留下的印象。

被沼田撞见，又被高男撞见，就在波子感觉走投无路、慨叹运数将尽之时，又出人意料地来了个松坂。

昨天进了店里之后，波子一边啜饮红茶，一边不经意地看着松坂。她预感到自己与竹原的关系恐怕已经步入终局，或者说濒临破裂，正是迎来这一关键节点，让她的胸口越发痛苦窒息。而与此毫无关联的松坂此刻却在场，绽放着妖精一般的美丽。波子想到，这或许是命运的某种暗示吧。

高男和这位朋友在一起，竟然没有奇怪的感觉，也许是松坂的美丽在不可思议地发挥作用吧。

她们坐在最靠里的座位上，和大厅之间隔着一层薄薄的帘幔。松坂的面庞浮现在水蓝色的帘幔之中，透过帘幔，隐约可以看到大厅的轮廓。最后波子只得与竹原分开，和高男一同回家。

直到今天，松坂的印象依然如同波子自己的影子一般，萦绕心头，挥之不去。

“高男是从什么时候开始和他交上朋友的？”

“就是最近吧？看上去关系好极了。”

品子回答道，“妈妈，后面的音乐接着放吗？”

“不了，咱们走吧。”

《春天奏鸣曲》唱片此时正放到第一张的背面——第一乐章“快板”（allegro）的结尾部分。

品子一边收拾起唱片，一边问道：

“这张什么时候拿到这儿来的？”

“今天。”

波子心想，今天是见不成竹原了。

连着两天，波子都去了帝国剧场。

今天是江口隆哉和宫操子公演的第一晚，受邀而来的客人中有舞蹈家、舞蹈评论家、音乐记者等，其中有不少都是波子的熟人，所以她没法叫上竹原一起。昨天晚上的经历，也让她有所顾虑。

而且今天是品子邀请波子一起去的。昨晚妈妈和竹原见面的事，她也听高男说了，但品子并未察觉到，母亲今天还想着和竹原见面。

波子本打算给竹原打电话，所以一直在等学生们都离开。然而品子来了，电话终究没有打成。

虽然昨晚被高男给撞见了，他又一向跟父亲要好，但从昨晚到今早，矢木并没有说什么，也一直无事发生。波子只想把这些告诉竹原而已。能听到竹原的声音，她才会感到安心吧。

没打成电话，让波子郁闷痛苦起来。

“最近，即使去了舞蹈会，也觉得索然无味。”

“为什么？”

“可能是不想被以前的熟人见到吧？对方估计也烦恼要不要和我寒暄打招呼，我也不知道该如何是好。时代变啦，已经没有我的位置了吧。人家看到我，就像碰到了早已被遗忘掉的人呢。”

“怎么会呢？妈妈您自己怎么能说这种话嘛。”

“我说真的。战争时期，我确实是被遗忘掉了啊，或许是我自己把自己给抛下了吧。战前的人，在战后总会感到一种厌世心理。这种情况在世间很普遍吧？内心脆弱的话就会……”

“妈妈，您的内心一点儿也不脆弱……”

“是嘛。曾经有人忠告我，说我这个样子，只会让孩子们也变得脆弱。”

这是竹原提出的忠告，当时波子正朝着皇居的护城河畔走去。

母女二人穿过京桥到马场先门的电车轨道，跨过国铁的高架桥，眼前就是皇居的树林，两旁的行道树虽然高大，但已是落叶满地，皇居树林上空，一弯细细的月牙悬在暮色之中。

波子心中摇曳着年轻的火焰，嘴上却说出了相反的话语：

“果然，不登台跳舞还是不行啊。宫操子女士她们真是了不起。”

“宫女士的《苹果之歌》？还有，《爱与混战》？”

品子说出了舞蹈的名称。

《苹果之歌》是伴随着诗歌朗诵，潘潘女郎[①]翩翩起舞。《爱与混战》是退伍士兵的群舞，男舞者穿着褪色的、满是汗渍的军装，或是白衬衫配上黑裤子，女舞者则身着连衣裙。

在古典芭蕾中绝无此种演绎。这些舞蹈将战后现实生活生动地融入舞姿，品子之前曾看过这些表演，至今印象深刻。

“从战前过来的人，跳得出色的又不是只有宫操子女士啊。妈妈您也跳吧。”

“跳跳看吧。”

波子也如此答道。

舞蹈会六点开始，母女二人提前二十分钟就已到场，波子仿佛为了避人眼目似的，在自己的座位上一动也不动。今晚也是坐在了二楼。

①指二战后，日本红灯区为驻日美军提供性服务的妓女。

品子提起了那四名女学生的事。

“是吗？四个人约着一起？”

波子微微一笑，继续说道，“不过，你在她们那个年纪的时候，已经在舞台上小露锋芒了。”

“嗯。”

“最近这几天，妈妈这儿也来了一个四五岁的小女孩，说想学跳舞呢，还说是想以后成为一名芭蕾舞者……但那不是孩子的意愿，是她妈妈想让那孩子这么做。日本舞有从四五岁就开始学的，西洋舞领域倒也不是没有，可我还是拒绝掉了，跟她们说，起码等孩子上小学以后再来……另一方面，我也没资格笑话那位母亲。品子你出生之后，我就想着让你跳舞来着，也不是出于孩子的意愿……”

“是孩子的意愿啊。我从四五岁的时候就想跳舞了呢。”

“那是因为妈妈也在跳舞，而且有舞蹈表演时，就带着那么小的孩子……”

波子把手掌抬到膝盖前方，仿佛比量着品子当时的身高，继续说道，“牵着你的小手，带你去参加。”

然而，就像器乐演奏的神童也是由父母培养创造的，尤其是在日本的传统艺术中，像什么家门、流派、继承名号等，父母辈传给子女辈，因学习规矩颇多，子女就像被命运所束缚住一般。

波子有时也曾想过，把品子与自己的传承摆放到那种高度。

“我从那么小的时候开始……”

这次是品子把手伸到了面前，“就想要像妈妈一样跳舞了。和您一起登台跳舞的时候，我开心极了。已经是多少年前的事了……妈妈，再一起跳舞吧。”

“是啊。趁我还能跳的时候，在舞台上给你当个陪衬吧。”

昨天沼田也劝自己举办一场春季舞蹈表演会。

然而费用如何筹措，波子目前毫无头绪。竹原的身影也一直留在心间，波子害怕二者恐会联系到一起。

“不知道那几个女学生来了没有，我去找找看。跟她们说两类舞蹈的技巧不同，想让她们回去，结果她们却说可以当作参考……真让人吃惊。”

品子起身离开，开幕铃响起的时候，她才回来。

“她们可能回去了吧。或者坐在了三楼的位置……”

演出开始，前面是短舞表演，《普罗米修斯之火》是第三部。

该场舞蹈剧由菊冈久利[①]创作，伊福部昭[②]作曲，东宝交响乐团[③]演奏，用四部场景描绘了古希腊神话的普罗米修斯的故事。从序幕的群舞开始，品子就被其与古典芭蕾的迥异所深深吸引。

---

①菊冈久利（1909—1970），本名高木陆奥男，日本作家、诗人，师从横光利一。

②伊福部昭（1914—2006），日本作曲家。

③日本的一家管弦乐团，成立于1946年，总部位于神奈川县川崎市。1951年改称“东京交响乐团”并沿用至今。

“哎呀，裙子都连在一起呢。”

品子惊讶地说道。

序幕中，大约十名女舞者翩翩起舞，她们的裙子都是连在一起的。数名舞者穿着一条连绵的裙子舞动，裙摆如同富有生命的波浪，翻涌奔腾，时而扩展，时而收拢。暗色调的裙子看上去仿佛某种象征性的前奏。

接下来，第一幕是尚未拥有火种的人类在黑暗中的群舞。第二幕是普罗米修斯用干枯的芦苇盗取太阳之火的舞蹈。人们获赠火种、跳起欢喜的群舞则是第三幕。

盗取火种交给人类的普罗米修斯，在第四幕终幕，被绑在了高加索山巅的巨岩上。

第三幕的火之舞，是该场舞剧的最高潮。

昏暗舞台的正面，普罗米修斯的火种熊熊燃烧。火种从人们的一双手传递到另一双手，获得火种的人群最后挤满了舞台，跳起舞蹈来表现对于火种的欢喜之情。五六十名女舞者与几名男舞者，每个人手中都高举着燃烧的圣火起舞，火焰将舞台也照得光辉明亮。

波子和品子也都感觉，舞台上的火焰仿佛燃烧到了自己的胸中。

舞者们服装朴素，因此在昏暗的舞台上，裸露的手臂和双腿的舞动更显得生动鲜活。

这出神话的舞蹈中，火意味着什么呢？普罗米修斯又意味着什么呢？

表演结束之后，品子一边追忆着脑海中舞蹈的残影，一边思考着这些疑问，她觉得从任何意义上去理解似乎都可以。

“众人的火之舞之后，下一幕就是普罗米修斯被绑在高山的岩石上了。”

品子对波子说道，“他的皮肉和肝脏被秃鹰啄食……”

“是啊。四幕戏的编排也挺好的，场景之间的转换让人印象非常深刻。”

两个人慢悠悠地走出剧场。

那四名女学生在外面等品子。

“哎呀，你们来了啊？”

品子看着姑娘们说道，“我刚才还找你们呢，没找到，还以为你们乖乖回去了呢……”

“我们在三楼。”

“是吗？有趣吗？”

“嗯，挺好看的吧？”

一名姑娘征求着同伴的意见，又说道，“不过，有几处还挺瘆人，还挺可怕的对吧？”

“是吗？你们快回家吧。”

然而姑娘们还是跟在品子身后随行，还问道：

“有舞蹈家会坐在三楼的座位吗？”

“舞蹈家？谁啊？”

“好像是叫香山，对吧？”

那名姑娘又探询似的望着同伴。

“香山先生？”

品子停住了脚步，“你怎么知道他叫香山的？”

品子转过身来，注视着那位姑娘。

“我们旁边的人讲的。那人说，香山来了……那个是香山吧……”

“是吗？”

品子的表情缓和了下来，问道，“说‘香山来了’的那个人，长什么样？”

“说话的人？我没仔细看，是个四十岁左右的男性。”

“叫香山的那个人，你也看见了吗？”

“嗯，看见了。”

“是吗？”

品子的胸口微微一紧。

“坐我们旁边的人看到香山后，一直在说些什么，我们也就顺便瞧了一下那边。”

“说了些什么？”

“那个叫香山的，是名舞蹈家吧？”

姑娘问询似的看着品子，“他们说了些香山跳舞的事，问他现在在干什么，还说他退出舞蹈界太可惜了……”

十三四岁的女学生们自然对香山一无所知。战后，香山已不再跳舞，埋没于芸芸众生了。

品子仿佛不敢相信，那个香山，刚才就在帝国剧场的三楼，她向波子问道：

“真的是香山先生吗？”

“可能是的。”

“香山先生来看《普罗米修斯之火》了吗？”

品子说着。她的声音深沉，与其说是在问波子，不如说是在问自己。她继续说道，“他在三楼，应该是不想被其他人看到吧。”

“可能是的。”

“香山先生的心境是不是发生变化了——哪怕悄悄躲起来，也想看舞蹈演出？他是不是专程从伊豆赶过来的？”

“谁知道呢？也许他是有事来东京，顺便看看吧。可能香山在哪儿看到了《普罗米修斯之火》的宣传海报，过来稍微瞧一眼而已？”

“他可不是顺便稍微瞧一眼的人。香山先生来看舞蹈表演，一定有他自己的想法。绝对是的。难道说，他是不是也悄悄地来看过我们的公演呢？”

波子感觉品子已经张开了想象的翅膀。

“香山先生看舞蹈时很认真吧？”

品子问起姑娘。

“那就不知道了。”

“他什么打扮？”

“身穿西装？我没太仔细看。”

姑娘和同伴互相看了看。

“香山先生来东京了竟然也不告诉我们一声？怎么会这

样？”

品子伤感地说道，“而且，咱们在二楼，香山先生就在三楼，可我却完全没感觉到，为什么啊？”

接着，品子突然把脸凑到波子面前，问道，“妈妈，香山先生肯定还在东京站呢。我能去找他吗？”

“是嘛？”

波子安抚似的回答道，“香山既然是悄悄地来的，就让他悄悄地回去，不好吗？他应该不想被别人看到吧……”

然而，品子又急切地说道：

“香山先生既然已经放弃了舞蹈，那他为什么又来看舞蹈表演？就算只是这一条，我也想问个清楚。”

“那……你赶紧去看看？不知道他还在不在车站……”

“好的，我先过去。妈妈您稍后过来。”

品子说罢，加快了自己的脚步，又对四名女学生说道，“你们要赶紧回家哦。”

波子朝着品子的背影呼喊道：

“品子，在车站等我……”

“好的。我就在横须贺线的站台上等您。”

品子小跑了一段，回头望去，母亲的身影已经模糊，便全力向前奔跑了起来。

她越是着急，越是觉得香山一定还在东京站，而同时又感觉他随时可能离去。

随着呼吸变得急促，品子心潮澎湃起来，伴随着胸中翻涌的波涛，仿佛有一簇簇火焰在摇曳晃动。

《普罗米修斯之火》的舞台之上，人们手中高擎火炬翩然起舞，品子看见那颗火种正在自己的身体中熊熊燃烧。

在那一簇簇火焰的背面，香山的脸庞时隐时现。

道路两旁的老洋房几乎都被占领军所征用，昏暗的街道上行人稀少，品子得以毫无阻碍地继续向前飞奔。

“挥鞭转[①]，三十二圈、三十二圈……”

品子喃喃自语道，借此缓解狂奔的痛苦。

《天鹅湖》第三幕中，恶魔的女儿幻化成白天鹅公主，单足立地旋转起舞。这段舞蹈中的挥鞭转要优美地旋转三十二圈，甚至更多，能做到这点已成为芭蕾舞演员的骄傲。

品子虽然尚未担任过《天鹅湖》的主角，但她经常练习挥鞭转，尝试提高回转圈数，这句“三十二圈”成了她筋疲力尽时给自己加油打气的口号。

跑到中央邮政局前，品子放缓了脚步。

她一边四处观察，一边登上横须贺线的站台，只见湘南电车[②]正停在那里。

---

①挥鞭转，芭蕾舞术语，要求舞者用脚使劲蹬地，另一只脚迅速翘起，两臂向侧平举，身体旋转起来，随着两臂和腿的收回，速度加快，如同陀螺一般呈高速旋转之势。

②“湘南”指神奈川相模湾沿岸一带。“湘南电车”是日本国有铁道东海道本线于湘南地区区间行驶的电车的爱称。最初仅用于1950年开始运行的80系电车，后来所有东海道本线上的东京站—热海站·沼津站间的电车（中距离列车）都统称为湘南电车。

“肯定是这趟电车！啊，赶上了。”

品子甚至来不及平复呼吸，便开始沿着电车的车窗逐一向内张望。即便是看过的车厢她也再三留意，生怕香山被站着的乘客的身影所挡住。

还没来得及走到最后一节车厢，发车的铃声便响了。品子一时情急跳进了车内。

“啊，妈妈……”

她想起和波子约好要在这个站台上会合的事情，但转念一想：

“在大船站下车就行了……”

品子站在车厢过道上，环视周围乘客。

她心想：香山一定就在这辆电车上，要一处不落地找遍每个地方。

到了新桥站，车厢内越发拥挤了。

在电车驶至横滨站之前，品子已经把所有的客厢都找了个遍。

然而，没有看到香山。

“他是不是坐的下一趟火车，或者电车？”

香山好久不来一趟东京，也许这会儿他正在银座一带闲逛呢。

在横滨站，要不要换乘后一班电车？品子犯了难。

但她还是感觉，香山就在这趟电车上。是不是只找了一遍，给看漏了呢？到了大船站，快要下车时，品子更加坚定了这种念头。

她下到站台，一扇车窗、一扇车窗地挨个往里瞧。电车开动后，她停下脚步继续张望。

伴随着车窗里的人影飞速闪过，品子仿佛被这辆电车给吸引住了。

这趟电车开往沼津[①]，因此香山会在热海[②]站换乘伊东线。如果品子也乘上这趟电车，在热海站或者伊东站突然出现在香山面前的话……

目送电车远去后，品子又驻足良久。

电车渐行渐远，消失于茫茫夜色，夜幕笼罩的旷野上，仿佛浮现出普罗米修斯的身影。

普罗米修斯被绑在高加索山巅的巨岩上，他被秃鹰啄食着血肉与肝脏，任狂风吹打，任冰雪覆盖。山脚下，一头白色的母牛缓缓走过。那是美丽的少女伊娥，因为遭到天后赫拉[③]嫉妒，被变成这副母牛的模样。普罗米修斯对母牛伊娥说，往南走，再向西，走到遥远的尼罗河畔。在那里，母牛会恢复为原本的少女姿态、成为王妃，由其血脉诞生的勇士赫拉克勒斯，将会斩断束缚住普罗米修斯的锁链。

母牛伊娥正是由宫操子所演绎。那如泣如诉如憧憬、又

---

①沼津市位于静冈县东部，伊豆半岛的西北侧。

②热海市位于静冈县最东部，以温泉而知名。

③日语原文中使用的名字是“朱诺”（Juno），即赫拉的罗马名字。此处为避免混乱，翻译为希腊神话中的通用名“赫拉”。

饱含了某种悲伤神秘的舞姿，在品子的脑海中浮现出来。不知为何，她觉得自己就是伊娥，而香山就是普罗米修斯。

品子换乘横须贺线，没坐多久就到了北镰仓站，她下了车，等待母亲过来。

“啊，品子，你坐到哪儿去了？”

波子终于放下心了，如此问道。

“我坐湘南电车过来的。刚才急匆匆地跑到东京站，正好赶上湘南电车要发车了。我心想，香山先生肯定在这趟车上，就坐上去了。”

“然后呢，香山在吗？”

“没在。”

母女二人出了车站，朝圆觉寺方向走去，直到跨过铁轨道口前，二人都沉默不语。

望着樱花的树影落在小路地面上，波子说道：

“在东京站不是没看到你嘛，妈妈还以为你和香山一起上哪儿去了呢。”

“我要是在车站见到香山先生了，肯定就在那儿等您了。”

品子回答道，但声音显得有些不安。

今晚在帝国剧场，品子和香山一个在二楼，一个在三楼，对品子而言，香山与自己的距离一下子被拉近了。

母女二人回到家里，只见矢木在客厅的暖炉旁，和高男面对面地坐着。

高男露出一丝尴尬的神色，抬头看着波子说道：

“您回来了。今天，我碰到松坂了，他让我向您问好呢。”

“是吗？”

矢木脸色阴沉，一言不发。看样子他和高男两个人刚刚正在讲波子的闲话。

波子感到一股压抑的气氛。

“松坂被您的美貌吓了一跳。”

高男又说道。

“我才是对他的美貌大吃了一惊呢。他是你的什么朋友？”

“什么朋友？”

高男有些闪烁其词，突然腼腆起来，“我只要和松坂在一起，就感觉很幸福。”

“是吗？那孩子让你感到幸福吗？可妈妈觉得，看到他就像是看到妖精似的……男孩子都有从少年转变成青年的时期嘛，有些人一下子就变了，有些人变得不那么明显，各种各样都有。但那孩子，就像是转变的节骨眼儿和其他人都不一样。”

“高男也正处在转变的节骨眼儿上啊。”

矢木横插一句，“你要多重视他啊。”

“哦……”

波子看了看矢木。

“今天晚上，你也和竹原君在一起吗？”

“没有，我和品子……”

“哦，今天晚上是和品子在一起啊？”

“嗯，品子来排练场找我……”

“是吗？和品子在一起当然没问题，但是，最近你有和高男一起待过吗？除了那次你和竹原君散步，碰到高男，一起坐了会儿之外？”

波子竭力抑制住自己肩膀的颤抖。

“你是想跟高男分开生活吗？”

“啊？当着高男的面，你说什么呀？”

“无所谓。”

矢木平静地说道，“从高男出生到现在，已经二十年了。这么多年来，说起家人，不就咱们四个人吗？我也想要互相珍惜，好好过下去啊。”

“爸爸。”

品子叫道，“爸爸您要是能珍惜妈妈的话，大家也就能互相珍惜了吧。”

“哦？我就知道品子你会这么说。但是，你不明白啊。在你看来，妈妈是变成了爸爸的牺牲品吧？可其实并非如此。所谓多年的夫妻，不会有哪一方把另一方当成牺牲品。大多是双双倒下。”

“双双倒下？”

品子盯着父亲。

“倒下了，就不能互相搀扶、一同站起来吗？”这次是高男从旁插言。

“问题就在这儿……女人自己倒了下去，却认为是丈夫把她弄倒的。于是乎，因为觉得自己是被丈夫给绊倒，便想着借别人的手站起来。明明是她自己倒下去的啊。”

矢木翻来覆去说着相同的话，还夹了一句“别人的手”。

“爸爸和妈妈都没有倒下。”

品子皱起眉头说道。

“是吗？那你妈妈是有些踉跄、快要倒下吧。品子，你总是偏袒妈妈，但你觉得你妈妈和竹原君继续保持那种奇怪的交往，是件好事吗？”

“我觉得很好。”

品子斩钉截铁地回答道。

矢木温和地笑了笑。又问道：

“高男你怎么想？”

“我不想被问这种问题。”

“这倒也是啊。”

矢木点了点头。而高男却敏锐地追问道：

“但是，母亲确是踉踉跄跄的、快要倒下了。父亲，您也看在眼里吧？咱们家的日子越来越困难，而您却像是视而不见。这才是最令我痛苦的啊！”

矢木把脸扭到一边，不再正对着高男，转而抬头看起了波子头顶上方的匾额。匾额上写有“听雪”二字，出自良宽[1]的手笔。他又说道：

“不过，这其中也是有一段历史。这二十年的历史，高男你不知道啊。”

“历史？”

“嗯。本来我不愿多说，战前，咱们家也是有过奢侈的日子啊。但能过上奢侈日子，全是靠你母亲，不是靠我。我可从来没有奢侈过啊！”

“但是咱们家生活变困难，也不能全怪罪到妈妈奢侈的头上吧？都是拜战争所赐啊！”

“那是当然，我不是这个意思。我说的是，在这个家过去的奢侈生活里，只有我一个人，心理上始终过着贫穷的日子啊。”

高男仿佛没有跟上，只是说道：

“啊？”

“从这个角度来讲，品子自不必说，高男你也是，都是你们母亲的奢华的孩子。可以说是三个富人养活着一个穷人。”

“您这话说得……”高男有些语塞，“我虽然不太明白，但感觉有损我对您的尊敬。”

“我曾经当过你母亲的家庭教师，在那之后的历史，毕竟你不知道啊。”

矢木所说的每句话，都勾起了波子的回忆。

---

①良宽（1758—1831），号大愚，江户时代的禅门曹洞宗僧人。尤其凭借诗歌、书法著称。

然而她不明白，丈夫为何一反常态地说出这些话，听起来像是要把内心积怨已久的憎恶都一吐为快。

“可能你母亲觉得这二十年，都是我在伤害她。但果真如此吗？如果按照你们母亲的想法，品子和高男，你们的出生岂不是错误？你们两个是不是要为此向你们母亲道歉？”

波子感到一股彻骨的寒意，仿佛灵魂深处都被冻结了。

“我和高男两个人都要向妈妈道歉？您说我们俩不该被生出来吗？”

品子反问道。

“不错。如果你母亲后悔和我结婚的话……照此推论下去，不就是这么一回事吗？”

“我只向妈妈道歉，不向爸爸道歉可以吗？”

“品子！”

波子厉声喝住品子，接着又对矢木说道：

“你怎么能对孩子们说这么过分的话呢？”

“我只是打个比方……”

“就是啊。”

高男开口说道，“我们的出生如何如何，这话讲给我们听，我们也没什么实感啊。父亲，您也只是毫无实感地随口一说而已吧。”

“我说了只是打个比方，两个孩子也都二十多岁了。如果说即便如此，你们母亲对我还是不满意的话，我真是被女人那根深蒂固的胡思乱想能力所惊到了。”

波子像是扑了个空，站在原地不知所措。

“竹原不也就是个凡夫俗子吗？那个人的优势就在于没和你结婚吧。也就是说，他是你胡思乱想出的人物。”

矢木嘴角挂着一丝冷笑，“射进女人心头的箭就拔不出来了是吗？”

波子不明白他此言何意。

“两个孩子也都二十多岁了。”

矢木又重复道，“从少女时期开始算，二十年，大多女人的一生也就如此了。而你却在无聊的胡思乱想中度过，事到如今就算后悔，也于事无补了吧？”

波子低垂着头。

丈夫的真正意图何在，她几乎无从揣摩。矢木的话语中，虽然有些片段让她有所触动，但整体上却似乎缺失一以贯之的连续性。

他明明是在责怪竹原，可态度冷静、话语薄凉，让人怀疑是不是以此来羞辱波子。

然而，波子感觉也看到了矢木自身的空虚与绝望。矢木从未像现在这样，如此崩溃般、自暴自弃般地表达不满。

波子也从未见过矢木在孩子们面前暴露他自己的耻辱。

他似乎想让孩子们认同：如果波子受到伤害，矢木也会受伤；如果波子倒下，矢木也会倒下。但他的表达方式，会给品子和高男造成怎样的触动呢？

“既然你说希望咱们一家四口人互相珍惜……”

波子的声音颤抖，后续的话也讲不出来。

“品子，高男，你们也都好好考虑考虑。照你们母亲的做法，过不了多久，就会把这个家给卖了，大家真的一无所有喽。”

矢木像是吐尽胸中积郁般地说道。

“那好啊。母亲，您就把这一切都一点儿不剩、趁早了结吧。”

高男说道，耸了耸肩膀。

这座宅邸既无大门也无院墙，周围的小山环抱着庭院，山间缺口处自然地形成了一个入口，这里地处山脚，冬日里阳光正好能照进来。

入口左右两侧各有一处别院。右手边的别院本来是别墅看门人的住处，尽管如此，也处处可见波子父亲建造时的匠心意趣。战后别院曾借给竹原住过一段时间，现在是高男在住，波子想卖出去的正是这座别院。

左手边的别院是品子一个人在住。

“姐，我能去你那儿坐一会儿吗？”

走出主屋后，高男向品子问道。

品子手拿火铲，盛着炭火，在昏暗的庭院中，炭火的微光映在她大衣的纽扣上。

品子低着头，往火盆添炭，她的手却在颤抖。

“姐，你对爸妈的事是怎么想的？事到如今，我既不惊讶，也不难过。因为我是男人嘛。对于所谓家庭、所谓国家，我都没什么幻想。没有父母的关爱我也能一个人过下去。”

“关爱还是有的，不管是妈妈，还是爸爸……”

“有倒是有。不过，要是父亲和母亲之间有爱，他们的爱能汇聚到一起再流向我们，倒也还好。可他们的爱是各自分别流过来的，我已经对分别理解他们双方感到筋疲力尽了。我们在这个不安的世界、处于不安的年龄，虽然和刚才父亲说的略有不同，可二十年来相依为伴的夫妻的不安，到底是什么？如果说我们的出生是个错误，要道歉也是对自己道歉吧？对这个时代的不安道歉吧？这和爸妈根本没关系。现如今孩子的不安，父母是无法抚慰的。”

高男越说越激动，还一个劲儿地吹火。

炭灰四处乱飞，呛得品子抬起了头。

“母亲说像妖精的那个松坂，他看到母亲后跟我说‘你妈妈正在恋爱……还是令人痛彻心扉的恋爱。看着她，能感受到人们乡愁似的情绪’。他还说从母亲恋爱的样子中感受到了爱情……他倒不是说喜欢母亲，应该说是喜欢母亲的恋情。松坂虽然很虚无，却是一种妖艳、润湿的花朵般的虚无……也许我被松坂的魔力附身了吧，我也不觉得母亲的恋爱多么不纯洁。母亲是不是憎恨我，恨我为了父亲一直监视她？”

“怎么会恨你……”

“是吗？我确实曾监视过母亲。毫无疑问，我偏向父亲，也尊敬他。不过我偏向、尊敬的是受母亲照顾爱戴的父亲，对于被母亲背叛的父亲，我只感到幻灭。”

品子像是受到了冲击似的看着高男。

“不过已经无所谓了。姐，我可能会去夏威夷上大学。父亲在帮我张罗。他好像是怕我继续留在日本，会变成共产主义者。父亲还嘱咐我，事情最终敲定之前不要告诉母亲。”

“啊？”

“爸爸自己也在四处运作，想去美国的大学当个老师。”

虽然据高男所说，他去夏威夷、父亲去美国的事都还没最终确定，但矢木瞒着波子和品子筹划这些事情，还是让品子大吃一惊。

“妈妈和我就被丢下不管？”

品子喃喃道。

“我觉得姐姐你要是能去法国或者英国也挺好的。把这个家，还有母亲的东西都给卖掉……反正照现在下去，早晚都会一点儿不剩。”

“一家人分崩离析？”

“即使待在同一个屋檐下，不也早都分崩离析了吗。我们就像在一艘即将沉没的船里，各自挣扎罢了。”

“照你这么说，要把妈妈一个人留在日本吗？”

“也许吧……”

高男的声音像极了父亲，“不过，母亲自己说不定也渴望解脱。她一生之中，哪怕只有短短一阵子，让她一个人独处会怎么样？二十多年来，她养活了咱们三个人啊，现在她都发出悲鸣了……”

“啊？你怎么能说出这么冷酷的话？”

“父亲似乎觉得，把我留在日本太危险了。因为我们不像过去的人那样，我们对国家既不感到骄傲，也不当作依靠。我倒觉得爸爸的想法很新鲜，正合我意。我不是为了出人头地或者学业而出国，而是因为待在日本，我很可能会堕落、会走向毁灭，为了避免这种危险，我才被从日本赶出去吧。父亲有个朋友在夏威夷的本愿寺，应该是请他帮忙把我弄过去，但我要在那边工作。爸爸和我有一点意见达成了一致——以后我不回日本也行。成为全世界的人，既像希望，又像绝望。父亲是要给我打麻醉啊。”

“麻醉？”

“换个角度想，父亲这是要把儿子抛弃到国境之外，所以说他的心理也是有不得了的地方啊。”

品子看着高男纤细的手，他的手握紧成拳，不断摩挲着火盆的边缘。

“母亲太天真了。”

高男突然冒出一句，又继续说道，“不过，姐姐你也是，如果要跳芭蕾，不尽快走向世界的话，这一辈子的光阴不就虚度了吗？不论身处世界的哪个角落，一年就是一年。近些日子我一这么想，对这个家也就没什么留恋的了。”

据高男所说，父亲之所以筹划要去美国或者南美，是因为害怕下一次战争吧。

“姐，如果咱们一家四口人，各自散落到世界上的四个国家，当我们回忆起日本的这个家的时候，内心会涌现出什么样的感情呢？我感到孤独的时候也曾这么胡思乱想过。”

高男回了他自己住的别院，留下品子一人，她一边擦拭掉脸上的粉妆，一边将脸凑近镜子，仔细地凝视自己的眼睛。

父亲和弟弟，男人们心底涌动的想法让她有种说不出的恐惧。

然而，当她闭上映在镜中的双目时，仿佛就看到了被绑在山岩上的普罗米修斯。她总感觉那就是香山。

那天夜里，波子拒绝了丈夫。

在漫长的岁月中，波子好像没有明确地拒绝过，也没有明确地主动索求过。哪怕她意识到这很奇怪，但也只把其当作女人的标识，半是认命地接受了。然而，一旦拒绝了她才发现，拒绝掉也没什么大不了的。不过是顺其自然而已。

当时突然之间不知何故，波子像被弹起来似的猛然起身，她拢紧睡衣的领口，僵坐在那里。

矢木愣住了，他好像疑惑波子是不是身体哪里疼痛，睁大双眼看着波子。

“我感觉这里好像插了一根棍子。”

波子边说，边用手从胸口到心窝直直地抚摸而下，“不要碰我。”

突然拒绝丈夫后，波子自己被自己吓一跳，满脸涨得通红，抚摸胸口的动作也像小孩儿似的笨拙。

她羞怯极了，身子蜷缩成了一团。

因此矢木并未觉察到波子害怕得全身汗毛直立。

波子熄灭掉枕边的灯，躺下后，矢木从她身后温柔地抚摸波子那“插了一根棍子”的胸部。

波子脊背的肌肉微微颤动。

“这儿吗？”

矢木问道，手按住她僵硬的肌肉。

“没关系。”

波子把胸口扭开，试图躲开矢木，却被他用力地一把拽到怀里。

“波子，刚才我说二十年、二十年啊。我在这二十年中，从来没有碰过你这个女人之外的女人，只对这个女人痴迷。作为男人的一辈子来说，真是个不可思议的例外，完全是为了这个女人……”

“别说什么‘这个女人’。”

“因为我无法想象有别的女人，所以才说‘这个女人’。这个女人从来不知道嫉妒的滋味吧？”

“我知道？”

“你嫉妒过谁？”

波子当然不能说自己嫉妒竹原的妻子，她只是说道：

“没有不嫉妒的女人。就算是看不见的东西，女人也会嫉妒。”

波子听到了矢木的呼吸，她像要躲避其气息似的，把手捂在耳朵上，又说道，“如果我们俩，让品子和高男的出生像是错误的话……”

“唔。我只是打个比方罢了。不过，为什么高男之后，我们就没有生孩子呢？再生一个也挺好的嘛。我后来回想了一下，自从你迷恋上跳舞之后，我们就再也没要孩子了，对吧？某个基督教的牧师曾说过，第一个创造舞蹈的人就是恶魔，舞蹈的队列就是恶魔的队列……要是你放弃跳舞，从现在开始也不晚，说不定还能再生一两个孩子呢……”

波子再次感到全身的汗毛好像都倒竖了起来。

波子从没想过时隔二十年要再生孩子，矢木这话，听起来就像居心叵测的恶意嘲讽。

然而无论如何，这种错误未见得一定不会发生。波子突然感到一阵恐惧。

波子和竹原在一起时，有时也会恐惧发作，哪怕是和矢木在一起，今晚，恐惧也向她袭来。

那次观看了《长崎踏绘》后，波子曾对竹原低声倾诉道：

“我再也不会说害怕了……”

之所以对他说这话，是因为波子自己也意识到了，过去那些恐惧的发作，本质上或许就是爱的发作。她是向竹原诉诸自己的剧烈变化。

然而，和矢木在一起时感到的恐惧，根本不会认为是爱情的发作。如果牵强附会、硬是把恐惧与爱情联系起来，那也只能是丧失爱情的恐惧吧。抑或是在本无爱情的地方去描绘爱情、爱情的幻影消失后所带来的恐惧吧。

人与人之间的厌恶中，莫过于夫妻之间的厌恶是最让人感觉毛骨悚然的了。波子对此有了切身体会。

如果这种厌恶进一步演变为憎恶，那将是世间最为丑陋的憎恶吧。

不知为何，波子突然回忆起一件琐碎的往事。

那是她和矢木刚结婚没多久的时候。

“大小姐连怎么烧洗澡水都不知道呀。”

矢木说道，“在澡盆上放个盖子，热气就跑得慢了，能节省煤炭。”

于是矢木拆了一个啤酒箱，自己动手做了一个盖子。

他还细心地教波子怎么根据水温变化来增减炭火。

波子泡澡的时候，看到那个粗糙的盖子漂在水上就觉得脏兮兮的。

矢木为做盖子花了得有三四个小时，波子当时就一直站在他身后，呆呆地看着，所以矢木当时的身影现在也能记起。

在这个家的奢侈生活中，只有矢木一个人，心理上始终过着贫穷的日子——这番告白是今晚矢木所讲的话语中最让波子触动的，听到这话，波子感觉天崩地裂、坠入了无尽的黑暗深渊。

二十几年来，矢木一直依靠波子过活，这种状态似乎成了一种根深蒂固的憎恨或者复仇。

矢木和波子的婚姻，是矢木的母亲一手策划的，而矢木似乎在锲而不舍地完成自己母亲的谋划一般。

矢木使出惯用的手段，温柔地引诱波子，而波子持续拒绝着他，并说道：

“你说出那种话，不知道品子和高男会怎么想，我不放心，过去看看。”

她说罢起身离开。

真走到了庭院，抬头仰望起星空，波子又感觉自己似乎已经无处可去。

后山峰顶边缘处，白云悬浮在夜空，其形状就像日本画中翻涌的波涛。

佛界与魔界

品子走进父亲的房间，却不见矢木的踪影，只见壁龛处挂着一副不曾见过的“一行物”[①]书法，写的应是：“佛界易入　魔界难入”。

品子凑到近处，看了看落款，盖有一休[②]的印章。

“一休和尚？”

品子稍感亲切，又出声念道：“佛界易入，魔界难入”。

她虽然不太明白禅僧话语中的含义，但“佛界容易进、魔界难进”这个说法好像讲反了似的。然而，看着上面的文字，又亲自出声念出来后，品子好像也顿悟到了什么。

在空无一人的房间里，这句话仿佛有生命一般。壁龛

①指纵向或横向写的一行禅语。日本战国时代后逐渐作为茶室壁龛的挂轴开始流行。

②一休和尚（1394—1481），法名宗纯（又作宗顺），号一休，乳名千菊丸，日本室町时代禅宗临济宗的著名僧人，也是著名的诗人、书法家和画家。

上，一休的大字仿佛在用活生生的眼睛瞪着自己似的。

而且房间里还残留着父亲的气息，整个屋子反倒有股温热的寂寥感。

品子轻轻地坐到了父亲的坐垫上，内心却难以平静。

她用火筷把炭灰拨开，细小的炭火露了出来。这个烤手的小火盆是备前烧瓷[①]材质的。

桌子一角的笔筒旁边，立着一尊小小的地藏菩萨像。

这尊地藏菩萨是波子的物件，不知什么时候摆到了矢木的桌上。

地藏像木雕材质，高约七八寸，相传是藤原时代的作品，已经脏得黢黑，光滑的僧人头顶，正是佛头特有的圆润。地藏单手持杖，杖比人还高，禅杖也是同时代的原配物件，线条笔直，纯粹肃穆。

从尺寸大小来讲，这尊地藏倒也颇为可爱，但品子端详了一会儿，心中却渐生出一丝恐惧。

父亲今早也是像这样，坐在桌前，时而看一眼地藏木像，时而望一眼一休的书法吗？品子心里如此思索着，又把目光投向了壁龛。

起首的“佛”字，是用工整端正的楷书所写，而到了“魔”字却变成了潦草的行书。品子莫名地感到一丝疯魔，心中又生出一阵恐惧。

---

①备前烧是日本冈山县备前市周边地区为产地的陶瓷器。其特色在于不上釉、不绘彩，完全依靠火焰和技巧来制作。

“是在京都买的吗？”

这幅挂轴不是家里原有的。

是父亲在京都淘换来的一休真迹吗？还是因为中意一休这句话才买来的吗？

壁龛旁还放着一幅像是原先挂着的卷轴，已经被收起来了。

品子起身走过去看了看，是久海切[①]断章。

波子的父亲还在这栋房子里留下了四五张藤原的和歌断章，但波子最后只保留了这副久海切断章，其余的都卖掉了。

相传“久海切”为紫式部的亲笔真迹，因此矢木没舍得放手。

品子从父亲的房间出来后，又喃喃自语一句：“佛界易入，魔界难入”。

这句话是否和父亲的内心有某种关联呢？对于这句话本身的含义，品子也思索良多，但终究不得准确把握其真意。

品子想和父亲谈谈母亲的事情，于是一直在排练场待着，等母亲去了东京，才来父亲的房间找他。

也许一休的题字已经代替父亲做出某种回答了吧。

大泉芭蕾舞团研究所拥有二百五十余名学员。

研究所不像学校那样有固定的招生时间和入学日期，随

① “久海切”为久海（本名、生卒年不详）收藏的断章残简，相传为紫式部的亲笔手书，“切”即断章残简之义。

时可以入所，而且有的学员长期休学，甚至有人中途就再也没来过。学员始终有进有出，难以准确把握具体人数，但从未降减员至二百五十名以下。总体来看人数一直呈增加趋势。

除大泉芭蕾舞团以外，东京内有牌面的芭蕾舞团大概也都有二三百名学员吧。

然而其中大多数学员并非都是经过严格的考试才进来的。和其他艺能行当收徒弟一样，只要是想学芭蕾舞的人，都能轻而易举地加入。对于这些姑娘是否适合学芭蕾，以及将来能否有望登台表演，入门之时并不会深究。

在东京，芭蕾舞培训所多达六百家，有些规模较大的培训所，学生人数有三百之众，按说可以有组织地建立舞蹈学校，选拔一些资质优秀的学生，严格地进行正规教学培育，但好像尚未有哪家有此谋划。

另外，大泉研究所的学员好多都是女学生，趁放学回家途中顺路来练习。

女学生组别共有五个班。

其下还有面向小学生的儿童班。

女学生班之上还有两个班，都是年龄和技巧上更为成熟的学员，此外再往上还设有大师班。

大师班顾名思义，该班学员在芭蕾舞大师、研究所所长大泉的亲自指导下共同学习，他们也是这个芭蕾舞团的主力舞者，一共只有十人。

其中女生八人，男生两人，品子也是大师班的一员，并且是最年轻的。

大师班的学员会作为助教老师，各自负责下面班级的辅助指导。

除了上述班级之外，还有一个专科班组。这个班的成员都是在职的上班族，学生的年龄参差不齐，而且因为日常工作所限，芭蕾舞团公开表演时他们也不能登台跳舞。

品子每周有三次大师班的课，再加上她还要作为助教、指导其他班级的学员练习，因此差不多每天都要来研究所。

大泉研究所位于芝公园[①]的深处，从新桥站步行过来也只需要十分钟左右。

因为今天心情沉重，品子下电车后没有打车，而是迷迷糊糊地走过来的。来到研究所入口，只见一位母亲，领着一名大概小学五六年级模样的小女孩站在门前。

“请问，我们想参观学习一下，是否方便呢？”

“啊，请进。”

品子回答道，看了看那名少女。

大概是孩子缠着家长说想学芭蕾舞，母亲只好陪她一起来了吧。

品子打开门，正想请母女俩先进去，就听见里面有人叫她：

“品子，来得正好，一直等你呢。”

喊住她的人名叫野津，是这里的首席男舞者。

①位于东京港区的都市公园。

野津是Danseur Noble，即作为跳公主角色女舞者的搭档、负责跳王子的角色，他本人也确实有着与王子角色相符的贵族姿态，从紧致的腰身到修长的双腿，那流畅优雅的线条看上去充满了浪漫色彩。古典风格的纯白芭蕾舞服穿在他身上也相得益彰，这在日本人中实属罕见。

而他在排练时总是穿着黑色衣服。

“今天太田休息。我就想着等你来了，拜托你弹钢琴呢。”

野津说道，他说话时会带有些许女性般的阴柔腔调，“没问题吧？”

“好的。”

品子点了点头，但又说道，“钢琴让谁弹都可以吧。”

太田是一名专门负责给排练伴奏的女性钢琴师。

即便没有钢琴伴奏，教师嘴上打打拍子、或用手打拍子，芭蕾舞基本功的练习也能进行得下去，而且很多培训所压根儿没有伴奏。不过大泉研究所使用的是切凯蒂[①]的练习曲，有音乐和没音乐差别很大，有些习惯于和着音乐伴奏练习的学员，如果没了钢琴声就会节奏紊乱。

品子对来参观的母女说声“请到这边来”，示意她们坐到入口旁边的长椅上，然后她自己走近暖炉旁。

---

①恩里科·切凯蒂（Enrico Cecchetti，1850—1928），意大利芭蕾演员，芭蕾舞教育家，其学生有巴甫洛娃、瓦加诺娃、福金、尼任斯基等世界一流舞蹈家。

“品子，你的脸色不太好呀？”

野津小声地问道。

“是吗？”

品子站在原地说道。

“我让你弹琴伴奏，心情不好了？”

“没有。”

野津头上缠着一条藏青色绸带，带有细碎白点图案。发带扎得很巧妙，没有打结就固定住了。虽说只是为了防止头发散乱，但从中也能看出野津的品位。

“有人倒是能弹练习曲，不过……”

野津坐在暖炉前的椅子上，半转过头来仰视着品子。那藏青绸带包裹住的额头下，眉毛整洁漂亮。

他应该是在夸赞品子的钢琴水平吧。

品子自幼就一直跟母亲学习钢琴。

波子正儿八经地学过钢琴，其水平之高，以至于她到了现在这个年纪，甚至觉得当个钢琴老师还更轻松些。早在二十年前，波子还年轻的时候，她的琴技就已远超泛泛之辈了。

大部分舞曲品子都能弹奏。切凯蒂的练习曲本来就是为了教授芭蕾基础而设计的，自然非常简单。而且，基本上每天都在反复听这首曲子，品子自己也经常弹奏，旋律早已烂熟于心。

因此，品子伴奏时稍微有点儿心不在焉。而野津走了过来，说道：

“怎么了？有点儿快，和平时不一样。”

这节上课的是被称作“高等科”的B班，也就是女学生班之上的、两个班的其中之一。在公演时，她们担任群舞演员。

从高等科B班可以升进A班，其中舞技更加精湛的学员，还有可能被选拔到品子她们所在的大师班。

用芭蕾术语来讲，群舞演员中既有跳方阵舞[①]的，也有跳领舞的，即在群舞中的最前方舞蹈。

不过，大师班中的独舞演员有时也会跳领舞的位置，领舞的人有时也会被选上跳独舞。

大泉芭蕾舞团的二百五十余名学员中，能登上公演舞台的有五十人左右。

说起高级班B班，她们也都训练有素、技巧纯熟，对于这家研究所的风格和教学方法也都熟悉适应。

何况一开始只是抓着把杆的初步练习，和往常一样的重复动作，进行得非常顺利，因此品子的钢琴伴奏也是，如同往常一样手指左右翻飞。

而这遭到了野津的指责。

“对不起。”

品子道了歉，“你说有点儿快……是吗？”

品子的神情透出不解，仿佛在说“这不可能”，被突如

---

①“方阵舞”由四对男女舞者组成四角矩形表演。

其来的指责弄得有些窘迫。

“也许只是我的感觉吧？你弹得有些心不在焉的，我就有点儿焦躁……”

“哎呀，对不起。”

品子的脸都要涨红了，只盯着白色的琴键。

“没事儿啦。不过，品子，你有什么心事吧？”

野津轻声低语道，“你跳舞的时候也是，有时候步伐沉重，跳着跳着感觉你都喘不上来气了。”

被他这么一说，品子好像真的变得呼吸急促，心跳也加快了。

野津身上的汗味儿更让品子感觉快喘不过气来。

从野津凑近、自己回过神来的时候开始，品子就被他的汗味儿熏得直呛鼻子。

两个人一起跳舞时，野津的汗味儿感觉倒也还好，可现在却透着一股多日未换洗似的馊味儿。

野津平常换洗排练服还算勤快，不过现在到了冬天，可能他有些懈怠吧。

“对不起，我会注意的。”

品子实在难忍汗味儿，稍显不耐烦地说了一句。

“待会儿咱们再聊。”

野津边说边离开了钢琴，又补充道，“那拜托咯。”

品子集中注意力弹奏了起来。她合着学员的脚步声，想象着自己也在舞动，终于找到了节奏。

接下来的练习就离开把杆了。

就像音乐术语中多是意大利语，芭蕾舞中多是使用法语。

野津操着法语，向学生发出Pas（垫步）的命令，他的发音也随着品子的伴奏变得愈发优雅，而品子也仿佛被野津的声音牵引、演奏着钢琴。

野津那甜美的嗓音变得高亢澄澈，屡屡重复的Plié（屈膝）、Pointe（足尖站立）等口令的发音，在品子听来也仿佛荡漾着梦幻般的柔软。

野津时而击掌数拍，时而口头数拍。

这些节拍声听着犹如柔和的梦中旋律，品子感觉学员们的脚步声也飘然远去，“不行！”

她回过神来盯着乐谱。

这堂练习原本是一个小时，但因为野津十分专注投入，延长了将近二十分钟。

“谢谢，辛苦啦。”

野津来到钢琴旁边，擦了擦额头上的汗珠。

新出的汗味儿猛烈地刺激着品子的感官。鼻子之所以如此敏感恐怕也是心理疲劳所导致的吧。

“接下来的一小时排练场都没有课，稍微休息一下，待会儿要不要咱们一起练练？”

野津如此提议，而品子却摇了摇头，说道：

“今天就算了。我还是弹钢琴吧。”

一个小时后轮到女学生班上课，再然后还有上班族的课程安排。

品子回到暖炉旁，两个来参观的女学生从入口长椅处站起身，走了过来，说道：

“我们想要一份这里的介绍简章。”

“好的。”

品子说着，把简章连同入团申请书一并递给了她们。那位带着小学生来的母亲也对品子说道：

“请给我也拿一份吧。”

野津在排练场的镜子前，独自一人做跳步练习。

他飞身跃起，在空中做起交叉跳（Entrechat）和打腿小跳（Brisé）动作，野津的打腿小跳动作极其优美。

品子身子靠在暖炉前的椅子，漫不经心地望着。

负责指导后面班级的助教们也陆陆续续来到了排练场，各自开始自主训练。

品子本以为野津已经离开了，却见他已经换好衣服，从里面走了出来。

“品子，今天就回去吧……我送你。”

“可我回去了就没人伴奏了吧？”

“没事，总有人会弹的。”

野津说着，穿起拿在手中的大衣，一边把胳膊伸进袖筒一边又说道，“看着镜子里你的身影，就能明白你今天状态不佳呢。”

品子原以为野津只是对着镜子观察他自己的舞蹈动作，

自己坐得那么远，没想到他还留意到了自己的神情。

两个人朝着御成门[1]的方向下坡而去。

“我要去一趟我妈妈的排练场……”

品子说道。

“我也好久没见你母亲了呢。可以陪你一起去吗？”

野津说罢，叫住了一辆空出租车。

“上次见你母亲是什么时候来着？当时还谈到，女性芭蕾舞者是结婚好？还是不结婚为好？你母亲说不结婚为好。我说恋爱还是要谈的……”

有一次编排双人舞（Pas de Deux）动作时，品子曾听到野津若无其事地说道，双人舞要想真正合拍，两个人应是夫妇关系比较好？还是恋人关系比较好？抑或是陌生人关系比较好？

品子当时正专注于舞蹈，听到这话突然心有介怀，身子僵硬，动作也变得笨拙起来。一旦心中有所顾忌，就没办法将身体全然托付给舞伴、安心起舞。

女舞者需要被男舞伴以各种姿态拥抱、托举、放上肩头，而且舞蹈过程中还需要被其抛接，完全地将自己的整个身体交托给男舞伴，在舞台上以男女之躯体来描绘爱情的万象。

首席男舞者甚至被称作“女舞者的第三只脚”，担任骑士的角色，与之相对的，女舞者作为恋人的角色，与他融合

①御成门是增上寺的后门，专供大名贵族等人出入寺庙使用，地处芝公园的北端。

为一体，把“第三只脚”化作自己身体的一部分。

品子虽然不是大泉芭蕾舞团的当红演员或首席女舞者，而野津却喜欢选她作为自己的双人舞搭档。

旁人也都觉得，他们两个人恋爱、结婚是自然而然水到渠成的事情。

品子虽然还是未出阁的姑娘，但也许野津对其身体的熟知程度，已经超过了她日后的丈夫。品子身体的一部分恐怕已经属于野津了吧。

然而，品子在野津的有些地方却感受不到男性的气息。

是因为两个人跳舞跳得太过熟悉了吗？还是因为品子终究是个姑娘家呢？

因为还是个姑娘，所以品子的舞姿难以流露出性感。一旦野津说了点儿什么，她就变得身体突然僵硬起来。

像这样两个人同乘一辆车，品子感到甚至比两个人跳舞更加不自在。

况且今天她本不想让野津见到母亲。

她不想让野津看见母亲神情忧郁、面露苦恼的样子。而且，她牵挂着母亲的事，原本只打算自己一个人过去的。

“真是一位好母亲啊。不过一说到女芭蕾舞者的婚姻、恋爱什么的，你母亲马上就考虑起你了呢……”

听到野津说这些话，品子也不胜其烦，只是简短回应道：

“是吗？”

波子的排练场没有亮灯，门却敞开着。

波子的身影不知所踪。

虽说还未到日落时分，但地下室内已显得有些昏暗，墙上的镜子泛着钝重的光亮，靠近街道一侧的横长高窗，映照出街上的灯火。

空荡荡的地板透出一股寒意。

品子打开了灯。

“你母亲没在吗？是不是回去了？”

野津问道。

“嗯。不过……门没有锁啊。”

品子走进小房间，只见波子的排练服挂在那里，她摸了一下，是冰凉的。

波子和友子各有一把排练场的钥匙。一般都是友子来得早，提前打开门。

友子离开后，母亲把友子的那把钥匙交由谁保管了呢？排练室钥匙的事，品子并未多加留意，但友子离去所造成的不便，甚至波及了钥匙这种小事上。

即便如此，一向严谨认真的母亲为什么会忘记锁门就离开呢？品子深陷不安。

今天真是个怪日子。去父亲的房间，父亲不在；来母亲的排练场，母亲又不在。两件事重合叠加，又进一步催生了品子的不安情绪。

如同刚刚那人还在，而其离开后残存的气息令人更感空虚。

“妈妈去哪儿了呀？”

品子来到镜前看着自己的脸，她仿佛觉得直到刚才，母亲的身影似乎还在镜中。

“哎呀，脸色苍白……”

品子对自己的脸色大吃一惊，但因为野津就在外面，也不方便补妆。

因为平时排练会出汗，所以品子她们几乎很少上粉，口红也涂得很淡，能遮掩脸色的浓妆就化得更少了。

品子走到排练场，打开了煤气暖炉。

野津倚靠在把杆上，目光跟随着品子，说道：

“不用开暖炉了。你也要回去了吧？”

“不，我等我妈妈。”

“她还会回来吗？那，我也……”

“我可不知道她会不会回来哦。”

品子把烧水壶放到暖炉上，又从小房间里拿来咖啡罐。

“这间排练场真不错呀。”

野津环顾四周，又问道，“学生有多少？”

“六七十人左右吧。”

“是吗？前一阵子听沼田说，你母亲春天也要举办表演会？”

“还没有确定呢。”

“既然是你的母亲，我们也想出一份力呢。这儿没有男舞者吧？”

“嗯，不招男学生……”

“可表演会中如果没有男舞者，不觉得缺了点儿什么吗？”

“嗯。”

品子因为内心依旧惴惴不安，连话都不想多说。

品子低着头，冲泡起咖啡。

“在排练场都用纯银的咖啡器具？”

野津十分稀奇地说道，“只有女性的排练场，果然干净呀。随处可见你母亲的细致心思。”

经他这么一说，这里确实收拾得十分整洁，纯银的咖啡器具也相得益彰。这里没有大泉研究所那种热火朝天的氛围。在大泉那里，墙上贴满了自家芭蕾舞团数次公演的海报，花花绿绿的，而这里只装饰着几幅外国芭蕾舞者的照片而已。甚至连《生活》之类杂志上的照片，都被波子剪裁下来，精心地装裱进画框。

“我是什么时候看过你母亲的舞蹈来着？好像是战争刚开始那会儿吧……”

“应该是吧。战争越打越厉害，妈妈就没有登台表演了。”

“当时她是和香山先生一起跳的……”

野津似乎在努力回想波子的舞姿，“现在想想看，香山先生当时也非常年轻，跟我现在差不多大？”

品子只是点了点头。

“他应该跟你母亲年龄相差很大吧？但根本看不出来。”

野津压低嗓音，继续说道，“听说香山先生以前也经常和你一起跳舞是吗？”

“跳舞？我那时候还是个孩子，谈不上什么一起跳舞。”

“你那时候几岁呢？”

“最后一次和香山老师跳舞吗？十六岁。”

“十六？”

野津意味深长地重复了一遍，又说道，“品子，你忘不掉香山先生是吗？”

“嗯，忘不了啊。”

品子回答得很干脆，干脆到连她自己都颇感意外。

“是吗？”

野津站起身，双手插进大衣的口袋，在排练场里转来踱去。

“也是啊。我就知道会是这样，我非常明白。不过，香山先生已经不是我们这个世界的人了，不是吗？”

“才没那回事。”

“那，品子你和我跳舞，会感觉像是和香山先生跳舞吗？”

“才没那回事。”

“两次都是一样的回答吗？你说‘才没那回事’？”

野津从对面径直朝品子这边走来，说道，“我可以继续等下去吗？”

品子看着野津逼近，仿佛惊吓到似的摇了摇头，说道，“你说什么等下去……”

“你应该知道我在等什么，早就知道……而且，香山先生也不是你的恋人，什么都不是，对吧？”

说香山不是品子的恋人，或许此话不假。

然而，野津的话语，却让品子的纯洁之心本能地产生了抗拒。

还没等野津走到自己跟前，品子便忽然站了起来，说道：

“就算香山老师什么都不是，那又如何？我对其他人的事情……”

“其他人？我也算其他人吗？”

野津小声嘀咕道，原地转了个方向，朝旁边走去。

品子看着壁镜中映着的野津的背影。方格花纹的红围巾像一根红线，绕在他的脖颈上。他又说道：

“品子，你还在做着少女的美梦吗？”

品子在镜中追逐着野津的身影，慢慢地感觉自己的眼中散发出光辉。并非因为野津，反而为了拒绝野津的力量源源不断涌现了出来。

并且也是为了战胜自己心中的寂寥感。

是何种寂寥？品子总感到某处有一股让自己浑身紧张的寂寥。

“我已经下定决心了，直到妈妈说我的舞蹈已经不行了之前，我都不会考虑结婚的事情。”

“直到说你的舞蹈已经不行了之前？和香山先生也……”

品子点了点头。

野津走到了对面的墙边，回头转身，看着品子颔首。

“真是做梦啊，大小姐做派……不过这样一来，我和你跳舞不就成了妨碍你结婚吗？所谓大小姐，就是分派不可思议的任务给男人啊。”

野津边走过来边说道，“你在撒谎。因为你心里在想香山先生，所以才说这种话……”

“我可没撒谎。我只想和妈妈在一起。她为了我的舞蹈，花费了二十年的心血。”

“你的舞蹈，现在由我负责。”

品子对此似乎也认可般地点了点头。

“我就相信你说的吧。所以，你和我跳舞期间，没有想着和香山先生结婚？”

品子眉头紧蹙，盯着野津。

“品子，我爱你，而你爱着香山先生。不过，在你和我跳舞的时候，这两份爱都受到了压抑。这么看来，你和我两个人的舞蹈是多么虚幻啊。只是两份爱徒劳无功地白白流逝吗？”

“并不是徒劳无功。”

“我感觉就像是一场易碎的梦啊。”

然而，野津也被品子眼中的光彩深深打动。与刚才截然不同，他的神情也变得焕发出生机，逐步靠近的俊美面庞上，似乎只有眉眼间还带着忧愁，“我也会边跳舞，边等下去的。”

听到野津这么说，品子只是眨眨眼睛，微微地摇了摇头。

野津把手搭到了品子的肩头。

品子回到家，见高男住的别院里亮着灯，便呼唤道：

“高男、高男。”

高男在雨窗后面应声答道：

“姐？你回来了？”

“妈妈……回家了吗？”

“还没有吧。”

“爸爸呢？”

“他在家。”

听到高男准备打开门，品子像逃避房门声响似的说道：

“没事、没事，回头再说……”

虽然庭院里夜色已浓，但品子不想被高男看到自己这副心神不安的样子。

开门声归于平静。

然而，高男似乎站在走廊上，说道：

“姐，有一次你提到过崔承喜的事吧？”

“嗯。”

“崔承喜在十二月三日的苏联的《真理报》[①]上发表文章了。”

高男郑重其事地说道。

“是吗？”

“还写了她女儿去世的事。说她女儿去苏联公演的时候，在莫斯科受到那么热烈的欢迎。据说崔承喜的培训所里有一百七十名学生呢。”

“是吗？”

对于崔承喜在苏联的报纸上发表文章的事，品子表现得并未像高男那般亢奋不已。

只不过，她望着映在雨窗上的冬日枯梅枝影，眼中浮现出一丝不安，问道：

“爸爸吃过饭了吗？”

“啊，我们一起吃过了。”

品子没有去自己的别院，而是去了主屋。

今晚，还没见到母亲就先来见了父亲，品子有些心绪不宁，可一这么想，她向父亲打过招呼后反而不好立即离开，只好又说道：

“爸爸，今天白天我也来过您房间，本以为您会在……”

“是吗？”

矢木从书桌前回过头，身子转向了烤手盆的方向，像是

---

①《真理报》，创刊于1912年5月5日，是1918年—1991年苏联共产党中央委员会的机关报。

在等品子继续说话。

“爸爸，一休写的那个‘佛界’‘魔界’，是什么意思呢？”

“这个吗？这话很是有趣。”

矢木静静地望向挂在壁龛的墨迹。

“您没在的时候，我一个人看着这句话，感觉怪瘆人的。”

“哦？为什么？”

“佛界易入，魔界难入，是这么念吗？‘魔界’，是指人间世界吗？”

“人间世界？你说魔界？”

矢木略显意外似的反问道，不过随即又说，“或许是吧。这样未尝不可嘛。”

“活在人世上，为什么说是魔界呢？”

“你说‘活在人世’，可所谓的‘人’又在何处呢？恐怕都是魔鬼吧。”

“您就是抱着这种想法来看这幅墨迹的吗？”

“怎么会……这上面所写的‘魔界’终究还是魔界吧。那是个恐怖的世界。所以说比佛界还难进啊。”

“爸爸，您是想进魔界吗？”

“你问我是不是想进魔界，这话是什么意思呢？”

矢木圆润的面容柔和地微笑着，“如果品子你断定妈妈会入佛界的话，那我进魔界也无妨……”

“哎呀，我不是这个意思。”

“佛界易入，魔界难入，这句话还让人想起亲鸾圣人的那句——善人尚能成佛，况恶人乎[①]。但两者似乎又有所不同。一休的话语不正是否定了感伤主义吗？否定像你妈妈和你这样的人的感伤主义……也否定日本佛教的感伤、抒情……或许这是残酷战斗的话语。对了，上次‘十五日茶会’上，《普贤十罗刹女像》画像展出的时候，你也去了吧？”

“是的。”

北镰仓有一位姓住吉的美术品古画商，他的茶室每月十五日都有例会，由一些茶具商和茶道爱好者轮番召集主持，现已成为关东地区的主要茶会之一。

茶室主人住吉是美术品商界的元老，他还担任东京美术俱乐部的社长，为人超凡脱俗，有几分禅宗僧侣的意境，比茶道宗匠更具茶人风采。十五日茶会全凭住吉老人的人格魅力才得以维系。

因为离得很近，矢木有时心血来潮也会去看看。《普贤十罗刹女像》原属于益田家，难得对外展出，该画像在壁龛中展示的那天，他也叫上波子和品子一起去了。

---

①出自《叹异抄》，这句话似乎与我们现今的常识理解相悖，其是为了阐释亲鸾开创的净土真宗的教义——“他力本愿”，即善人依靠自己的德行“自力”能够往生极乐，恶人（普通人）依靠阿弥陀佛的力量，即“他力”才能得到救赎。意在宣扬无论如何积累善行，人间的烦恼无穷无尽，要承认自己的不完全，真正的救赎不在自我，而在于佛的无限慈悲。《叹异抄》是成书于镰仓时代后期的日本佛教书籍，该书作者一般认为是亲鸾圣人的弟子唯円。

“那正是你母亲喜好的吧？普贤菩萨乘在白象之上，环绕在其周围的十罗刹都是身着十二层单衣[①]的美女，全是照着那个时代的宫女的模样画出来的。真是一幅画出了藤原时代华美感伤的佛画啊，还能看出来藤原时代的女性趣味和女性崇拜吧。”

“不过妈妈当时说，普贤的面容单是美丽，并不尊贵。”

“是吗？普贤是名美男子，却也被画成了一副美女模样。就连描绘阿弥陀如来从西方净土降临、迎接往生者的《来迎图》，也是藤原风格的憧憬幻影吧，还衍生出了‘满月来迎’这个说法。相传藤原道长在死的时候，还握住了阿弥陀如来手中垂下的丝线，期望能进入极乐净土。《源氏物语》便是诞生在藤原道长的那个时代，可我年轻时，虽然研究《源氏物语》，但作为出身野蛮贫穷人家的孩子，始终与藤原时代的风雅和物哀相去甚远，或许你妈妈曾因此厌恶我粗野又卑贱吧。”

矢木看着品子的脸，继续说道，“《来迎图》中，前来迎接凡人灵魂的神佛菩萨们都盛装华服，手持乐器，身姿如同起舞。女人之美，在舞蹈中最是能体现到极致，所以我没有阻止过你母亲跳舞。然而，女人不是用精神跳舞，只是用肉体起舞。长期以来，我观察你母亲也确实如此。比起当

①十二层单衣是日本公家女性传统服饰中最正式的一种。于平安时代的10世纪后开始被作为贵族女性的朝服，现代日本皇族女子在即位礼、结婚式、御大礼、祭祀等大礼场合的正式礼服。

尼姑，女人还是跳舞才更美吧。仅此而已。你母亲的舞蹈，只不过是她感伤主义的表现，日式感伤主义……品子你的舞蹈，又何尝不是青春幻梦中的虚影呢？”

品子想要反驳。矢木最后扔下一句：

“如果魔界没有感伤，我就选择魔界。”

主屋只有矢木的书斋、波子的房间、客厅，以及储藏室和女佣的房间。

波子的房间就只好兼作夫妻二人的卧室。

宅子原本还是波子娘家的别墅的时候，这间六帖榻榻米大小的房间便是按照大小姐闺房的感觉来建的，墙壁和拉门的下半部都裱着古旧的锦缎。说是古旧锦缎，大概也就是元禄[①]年间之后、江户的女式礼服之类。

最近，波子躺在床上，望着这些用彩线缝制的古朴花纹，常常会感到寂寞。这些旧锦缎太过女性化了。

自从上次拒绝矢木之后，就寝对波子来说成了一种苦痛。

矢木自那之后，再也没向波子索求过。

矢木总是早睡早起，一般都是他先上床、波子后睡下。即使如此，他在波子就寝前都醒着，等波子躺下后总要说些什么，然后才真正入眠。

即便波子在品子的别院和她聊到很晚，波子也会说句

①日本的年号之一，指1688年至1703年期间，属于江户时代中期。

“到你爸爸睡觉的时间了”，然后回主屋去。她总是记挂那个还等着自己、尚未入睡的丈夫。这已经变成了多年的习惯，刻进了她的骨子里。

波子自己也是，进卧室后矢木如果不说些什么，她也心生异样。

而现在，这种习惯却开始威胁折磨波子。每当矢木在床上说什么，她就会心头一惊，赶紧将身子缩成一团、钻进被窝。

“我又不是罪人啊。”

尽管波子在心中如此喃喃自语，但还是无法平静下来。她有意无意地听着矢木的呼吸声，自己都不明白，自己究竟犯了什么罪。

波子甚至都不敢翻身，她是在等待什么？等待矢木入睡？等待矢木向自己求欢？

如果矢木再来求欢，自己很可能还会拒绝，波子害怕又发生争执。但是，矢木不来求欢，又是另一种诡异。

在矢木睡着之前，波子是无法安然入眠了。

今天晚上，波子在品子的房间里聊天，即使到了丈夫睡觉的时间，她也没有回主屋。

“我听你爸爸说，你对壁龛的挂轴有所不满？”

“啊？有所不满？爸爸这么说的？”

“是啊。两三天前说的，说品子不喜欢，打算换掉。”

“哎呀。我只是问了问那句话是什么意思嘛。爸爸虽然讲了好多，但我没太明白。还说妈妈您和我的舞蹈都太多愁善感，真是气人。”

“多愁善感？”

“好像是这么说的。他说跳舞这种事，本身就多愁善感……”

“是吗？”

波子想起，早在十五年前她就听矢木说过，女人通过芭蕾锻炼身体，可以更好地取悦丈夫。

矢木说他二十多年来，从未碰过“这个女人之外”的女人时，波子一心只想着躲开丈夫的手臂，也许因此，那句话当时在她听来，只觉得黏腻而执拗，缠绕耳边挥之不去。

然而，事后回想起来，或许正如矢木所言，作为一个男人，的确可以说是“不可思议的例外”。而“这个女人”——波子，真的得到了这份特殊缘分的眷顾吗？

波子并未怀疑丈夫的话，她相信那是真的。

可即便如此，如今她却无法因此感受到幸福，反而有种莫名的沉重。

她甚至开始觉得，这或许是矢木性格中某种异样的表征。她与丈夫拉开距离，重新审视起这个男人。

“他如果说咱们的舞蹈多愁的话，那我和你爸爸一起生活的这些年，也同样很感伤吧？”

波子歪着头说道，“我最近可能有点儿太累了。得等春天到了，才能打起精神吧。”

“是爸爸让您累到了。爸爸他在魔界看着您呢。”

“魔界？”

“一和爸爸说话，不知怎么的，我总觉得自己的生命力一点点消失。”

品子将长发用缎带扎起，又松开，继续说道，“爸爸是靠吃您的灵魂，才活到今天的。”

波子被品子的话吓了一跳。她又说道：

“不管怎么样，可能是我背叛了你爸爸吧。品子，我也得为此向你道歉……”

“爸爸莫不是一直等着大家都累垮掉？”

“怎么会……不过，这座宅子，恐怕不久后也要卖掉了吧。”

“早点儿卖掉，在东京建一所排练场就好了。”

“多愁善感的……舞蹈吗？”

波子喃喃自语道，“但你爸爸一定会反对的。”

夜里两点多，波子才回到主屋。

矢木已经熟睡了。

波子摸黑换上了冰凉的睡衣。

躺下之后，她依然感觉从眼皮到额头那一块都没有暖和起来。

“妈妈，今晚您就在我房间里睡吧。爸爸肯定已经睡了。”

品子刚才如此劝道。

“那才真会被你爸爸嘲笑说多愁善感呢。”

而真的回主屋睡下，波子又觉得太过凄凉。她想着如果刚才留在品子房间，像名年轻的少女一样，与品子两个人一起待到天亮该多好。

她迟迟无法入睡，越是睡不着，似乎又越是害怕把矢木给吵醒。

早上，波子醒来时，矢木已经起床了。这是从未有过的事。

波子心中一阵悸动。

深埋的过往

波子与竹原一同去了四谷见附那里的旧宅废墟，当天寒风呼啸。

她拨开齐膝高的枯草，一边寻找排练场的地基，一边说道：

“钢琴大概就在这个位置吧。”

仿佛理所当然地认为竹原也清楚物品摆放的位置。

“要是当初趁还能搬走的时候，运到北镰仓去就好了。”

“现在说这些做什么，都是六年前的事了……”

“可是，现在我根本买不起施坦威O型钢琴了，而且那架钢琴还承载了我的回忆。”

“明明小提琴一只手就能拎着跑出来，可我还是让它给烧掉了。”

“是瓜达尼尼[①]的吧？”

---

①乔万尼·巴蒂斯塔·瓜达尼尼（Giovanni Battista Guadagnini，1711—1786），18世纪意大利著名提琴制作家。

“是啊。还有那图尔特[①]的琴弓，想想就可惜。买它的时候日元正值钱，美国的乐器公司为了赚取日元，都把乐器运到日本来卖。现在我往美国卖相机，碰到不顺心的事了，就会回忆起往昔岁月啊。”

竹原用手压低帽檐，背对风口，像在为波子遮挡风势一般站在那里。

“我碰到不顺心的事了，就会想起那首《春天奏鸣曲》。站在这儿，我仿佛还能听到那首曲子从这片以前放过钢琴的废墟中传来。”

“是啊。和波子你一起，我也仿佛听到了。《春天奏鸣曲》，还有其他的乐曲，咱们俩合奏过的两件乐器都给烧没了。不过，就算当时把小提琴拿出来了，我现在也摆弄不来了。”

“我的钢琴水平也大不如前了……不过，现在连品子都知道了《春天奏鸣曲》寄托着你和我的回忆呢。”

“那是品子出生前的事了吧，都是深埋的过往了。”

“如果春天举办表演会的话，我想从那些寄托着你我回忆的曲子里挑选几首，再跳上一场。”

“要是你在台上正跳着，恐惧又发作了可就麻烦喽。”

竹原半是玩笑般地说道。

波子眼中闪烁着光芒。

---

①弗朗索瓦·格扎维·图尔特（François Xavier Tourte，1747—1835）法国著名制琴师，被誉为“现代琴弓之父”。

“我已经不会再害怕了。”

枯草看起来凄凉寂寥，随风摇曳起来，草尖上映着夕阳的光亮。

闪闪发亮的枯草也随风扫到了波子的黑色裙子上

“波子，就算找着旧宅子的地基，也建不起来原先那样的房子了。”

“嗯。”

“我找个认识的建筑师，请他来看一下这块地皮吧。”

“那拜托你了。”

“你也考虑一下新房子的设计规划。”

波子点了点头，却说道：

“你刚才说‘深埋的过往’，是指被枯草深深掩埋住的意思吗……”

“不是的。”

竹原似乎一时找不到合适的词语。

波子回头望了一眼破败的围墙，走到了大路上。

“那道围墙也不能用了，得在建新房子前拆掉啊。”

竹原也回头望了望，如此说道。

“大衣的下摆沾上枯草籽啦。”

波子抓着大衣下摆转了一圈看了看，却先拂掉了竹原大衣上的枯草籽。

“你转过身去。”

这次竹原又开口说道。

波子的裙摆上已经没有枯草了。

“不过，真亏你能下了决心要建排练场。矢木，他知道了吗？”

“不，他还不知道……”

“那就难办了。”

“嗯，就算在这儿能建起来，等建成的时候，我们还不知道会怎么样呢。”

竹原沉默不语地向前走着。

“我和矢木虽然一起生活了二十多年，孩子们也都长大成人了，可这并不等于我的一生啊。连我自己也很吃惊。感觉有好几个自己似的。一个自己和矢木生活，一个自己在跳舞，还有一个自己，说不定在思念你呢。”

波子说道。

从四谷见附的天桥方向吹来了一阵西风。

两个人拐到圣伊格纳齐奥教堂的侧面，外护城河的堤坝稍微挡住了一些风，但土堤上的松树依然被风吹得簌簌作响。

“我好想变回一个人。把好几个自己变成一个人。”

竹原点了点头，看着波子。

“竹原，你不能跟我说一句：‘你和矢木分开’嘛？”

“就是这事啊……”

竹原接过话头说道，“我刚才就在想，如果我和你不是多年的老相识，而是最近才初次相遇的话，会是怎么样。”

“哦？”

“刚才我说‘深埋的过往’，大概也是因为脑子里有这样的念头吧。”

“我和你……初次相遇……”

波子疑惑地回头看向竹原，“不要，这种事，我无法想象……”

“是吗？”

“我不要，年过四十了才和你第一次相遇吗？”

波子露出悲戚的眼神。

“年龄不是问题啊。”

“我不要。”

“深埋的过往，才是问题啊。”

“可是，如果现在才初次相遇的话，你怕是根本不会正眼瞧我吧。”

“你是这么想的吗？波子？我想，恐怕恰恰相反吧。”

波子像是胸口被什么戳中了一样，站住了脚步。

二人来到了幸田屋的大门附近。

“这个话题，待会儿再好好聊吧。”

说罢，波子装作若无其事的样子走进旅馆。

“看看你的脸，是不是很冷？”

旅馆长长的走廊中间摆放着展示架，里面陈列着鲁山人[①]的陶器。多为“志野烧”陶器和“织部烧”陶器的仿制品。

---

①北大路鲁山人（1883—1959），日本著名篆刻家、画家、陶艺家、书道家、漆艺家。本名北大路房次郎。

幸田屋的餐具，用的都是成套的鲁山人的作品。

波子站在展示架前，望着仿制“九谷烧”的瓷盘。架子的玻璃上朦胧地映出她的面容，唯有那双眼睛映得格外清晰，看上去炯炯有神。

走廊尽头的庭院里，园艺工正在往地上铺枯松叶。

在那里右转、再向左拐，从汤川博士下榻的“竹间”背面进到庭院，“矢木来的时候，住的就是这个房间吗？”

波子向女佣问道。

女佣领二人去了一间独栋偏房。

“矢木什么时候来的？”

竹原边脱大衣边问道。

“好像是从京都回来后，来过这儿。我听高男说的。”

波子用手轻抚着自己的脸颊和脖子，又说道，“皮肤被风吹得干糙糙的……失陪一下。”

她在盥洗室里洗过脸后，坐在旁边房间的镜子前，麻利地补了些淡妆。波子一边化妆一边想，如果如竹原方才说的，两个人是最近才初次相遇的话，会是怎样？然而她无论如何都无法想象此种情况。

不过，两个人来到这家旅馆深处的偏房，却并没有感到过多不安。是因为他们相识多年的亲密情谊？还是因为这里是熟悉的旅馆呢？

从竹原所在的房间里，飘来一股暖炉的煤气味儿。

矢木曾来过一庭之隔的对面房间——波子想起此事，与竹原在一起的不安似乎也得到了平复。

然而，在矢木来过这家旅馆后，波子曾经在一段时间内被罪恶感的恐惧所追逐，同时感觉自己的身体在燃烧。现在，这一切也已经结束了。

回想起这些，波子的脸泛起绯红。她再次打开粉盒，加深了些许妆容。

“久等了……”

波子回到竹原的身边，“煤气味儿都散到那边了呢。”

竹原看着波子的妆容，说道：

“变得真漂亮……”

“因为你说初次相遇比较好……”

波子莞尔一笑，又说道，“刚才的话题，我还想听你继续讲呢。”

“关于深埋的过往吗……我是说，如果咱们是初次相遇的话，我可能会更加冲动地想把你夺过来吧……”

波子低着头，感觉胸中掀起了波澜。

“而且，我还有股悲哀，遗憾以前没能跟你结婚。”

“对不起。”

“不用道歉。我已经没有怨恨和愤怒了。恰恰相反，你和别人都结婚二十多年了，咱们还能像现在这样见面，我一想到这些，更觉得深埋的过往……”

“又是深埋的过往，你要说几遍才罢休？”

波子抬起目光说道。

“过往或许把我变成一个古板守旧的道德家了吧。”

竹原说完这句，仿佛又思考起什么，又说道，“从深埋的过往中，那些未曾消散、流淌至今的感情一直束缚着我。我们各自都结了婚，还依然能够像这样见面，这或许是不幸，也有可能是幸福的。”

波子突然重新意识到，竹原也是已婚之人。竹原的婚姻应该与波子的婚姻不同吧？他或许不想把自己的家庭搞得乱七八糟吧？

又或者，竹原也早已对婚姻感到幻灭，而他同样恐惧，恐惧自己与波子之间的关系太过越界，也终将会迎来幻灭。

波子只觉得，竹原是在将她推开。然而，即使没有过往的回忆、两个人是初次相遇，竹原那听上去满含爱意的口吻，也仿佛拯救了此刻的波子。

“打扰了。”

女佣进来说道，“外面风很大，需不需要我把雨窗关上？”

这间偏房没有玻璃窗。

趁着女佣关起挡雨窗的间隙，波子也向庭院望去，只见低矮的竹丛被风吹得枝叶翻卷、摇曳不息。

“都到傍晚了。”

竹原双肘支在桌面上，说道，“我说的话，让你难过了吗？”

波子微微地点了点头。

“这倒真是没想到。不过，波子，你一和我在一起，不也经常感到恐惧嘛？”

“我说过了，我不会再害怕了。”

“看到你害怕的样子，我心里也很难受啊。每次都像是猛然惊醒一样，想着：啊，这样不行……”

“可我后来发现，那或许正是爱情的发作吧。”

“爱情的发作……”

竹原像在细细咀嚼这句话。

波子仿佛感到一股真正的爱意再次贯穿了自己的身体，微微颤抖起来。她面露娇羞，妩媚动人。

“也就是说，正好相反。既然如此，你应该能明白我说‘正好相反’的心情吧。试想一下，以前是我让你和别的男人结了婚。虽然不是真正的‘我让你’，而是你主动步入婚姻，但从我的角度也可以说成‘让你结了婚’，因为我那时没有把你夺过来，只是在一旁观望……我太过尊重你，没有自信能让你获得幸福啊。虽然这是年轻男人容易犯的错误，但即便是错误，经历了深埋的过往，对我而言也成了一种光明……我在其他事上明明不会这么胆小、卑怯，可对于你的事情，我竟然甘愿只是默默地珍惜你至今。”

“我很清楚你对我的珍惜。”

波子老实地回应道。她的心扉半开半掩，徘徊踌躇着。也许即使完全敞开心扉，竹原也不会迈进来吧。

“真是奇怪啊。像现在这样，坐在这儿，我甚至感觉好像以前什么时候已经和你结了婚呢。”

“哦？”

“这种亲密无间已经渗透到我内心深处了吧。”

波子以眼神表示同意。

“还是得怨那深埋的过往啊。”

“我那错误的过往？”

“倒也未必啊。只是，我们彼此都从未忘记罢了……好像是去年吧，波子你给我的信中，写了和泉式部[①]的和歌。”

波子羞涩地说道：

“你还记得呀？”

思慕终无望，同居却断肠。两间皆是苦，莫逐意难藏[②]——这首和歌是波子在《和泉式部集》中看到的。

“这首和歌虽然有点儿说教意味，不过……”

“不过，你想要和矢木分开却花了二十年呀。婚姻真是可怕啊。”

波子的脸色变了，她觉得竹原似乎在说：还生了两个孩子。

“你是在取笑我吗？”

①和泉式部（987？—1048？），日本平安时代中期的和歌歌人，三十六歌仙之一。

②本文中此处和歌的日语原文为“思ひつつ、よそなるなかと、かつ見つつ、思はぬなかと、いづれまされり”，经查证，《和泉式部集》中的原文应为“思へども、よそなるなかと、かつ見つつ、思はぬなかと、いづれまされり”，首句略有不同。

“你觉得，我是在取笑你吗？”

“我现在已经没有闲心了。我像是赤身裸体地瑟瑟发抖。而你呢，还有闲情逸致去回望什么深埋的过去。”

竹原像是在嘲弄自己。这种隐约的怀疑让波子感到两个人之间存在某种错位。

竹原仿佛在等着波子放声痛哭、主动投怀送抱。然而，波子反而无法轻易落泪，也无法投入他的怀抱。不过看到竹原游刃有余的样子，波子却是越发焦灼、酸楚难耐。

恋人明明说了自己正在赤身裸体、瑟瑟发抖，为何你却不将她拥入怀中呢？

然而，波子并没有丧失分辨能力。

她今天和竹原见面，是为了处理实际的正事。她打算卖掉房子，建一个芭蕾舞排练场，今天就是为了商量这个事情来的。竹原也是陪同看旧宅的遗址，然后两个人到附近的幸田屋吃顿饭而已。

更何况竹原已有家室，波子也还未与矢木分手。

波子一开始也没想过要在这家熟悉的旅馆里发生什么逾矩之事。

然而，恐怕波子也不会拒绝竹原吧。她感到，自己无论何时、无论身处何地都是属于竹原的人了。

“你说我有闲情雅致？”

竹原反问道。

晚餐结束，波子正削苹果的时候，教堂的钟声传来。

“是六点的钟声。”

钟声鸣响时，波子停下了手中的水果刀，“到了晚上，风就停了呢。”

波子把削好皮的苹果递到了竹原的面前。

“我必须得见矢木一面吧？”

竹原说道。波子没想到竹原会这么说，问道：

“为什么？”

“无论是建排练场，还是和矢木提分手，靠你自己都没法解决吧？”

“不要，我不要这样……你别去见他……”

波子摇了摇头，“我会解决的。”

“没关系的。我是以波子你的老朋友的身份去见他……”

“那也不行。”

“波子，还是我代替你出面为好吧？估计事情会很棘手，但我也想探探矢木的真面目，看看他会怎么应对。”

“要是矢木固执起来……”

“那也没办法。北镰仓那座宅子，现在是在谁的名义之下？”

“我从父亲那儿继承过来的，一直没变。”

“没有在你不知情的情况下，被人改动吧？”

“矢木吗？不会吧，他不至于这么……”

“以防万一，还是调查一下吧。毕竟我不了解矢木的为人……不过，我曾想过，也许有朝一日会为了你，跟矢木对决。可我还没从你这儿确认，现在是不是对决的时候……”

“确认？”

“波子，你刚才这样问我，为什么不能和你说一句——和矢木分手，对吧？你真的愿意和矢木分手吗？”

“我们已经分手了。”

波子像被诱导般地说了这句话，但她突然间羞赧起来，脸颊泛红。

竹原像是幡然醒悟一样，却又追问道：

“可你今天还要回家……”

波子依旧面庞向下，微微地摇了摇头。

竹原像是屏住一口气，沉默了片刻。

“不过，我想作为你的朋友去见矢木。要是作为情人，就什么都说不出口了。”

波子抬起头，凝视着竹原。

她那双大眼睛已经湿润，但仍然没有转开目光。

竹原起身走过来，轻轻地抱住波子的肩头。

波子想要推开他，手轻触到竹原的手臂时，指尖忽然颤抖起来，接着就这样任凭酥麻的玉手轻柔地滑落到竹原的掌中。

竹原回去了，波子还留在幸田屋旅馆。

“我一个人不能回家。我叫品子过来，陪我一起回去。”

波子如此说道，便向大泉研究所打去电话，品子还在研究所那里。

“品子来之前，我在这儿陪你吧。”

听到竹原这么说，波子稍微思忖了一下，说道：

“今天你还是别见她了……”

“连品子我也不能见吗？”

竹原笑着，关切地望着波子。

波子把竹原送到玄关，望着他乘坐的车开动，突然产生了追上去的冲动。

为何没和竹原一起离开这里呢？

波子只想到自己不能回到矢木那里，却似乎忘了怀疑竹原为何回家。

房间里只剩她一个人，无法静下心来，于是波子听从女佣的建议，去旅馆里的浴场泡了澡。

“深埋的过往？”

她反复回味起竹原的这句话，但在温热的浴水中，波子只感觉过往已随风而去。纵使自己是回到年轻姑娘的岁月也好，是年过四十的当下也好，触碰到矢木手掌时的喜悦，想必不会有任何区别吧。波子闭上了双眼，仿佛把自己当作年轻姑娘一样紧紧抱住。

“您家小姐来了。”

女佣前来通报。

“是吗？我马上出来，让她在房间里等一下。”

品子随意地坐在暖炉前的榻榻米上，身上仍穿着大衣。

“妈妈，我还以为出什么事了呢。来到这儿，听说您在泡澡，这才放心下来。”

品子抬头看着波子说道，“您一个人？”

“不，竹原先生刚才也在。”

“是吗？他已经回去了吗？”

“我给你打电话后没多久他就回去了……”

“当时，他还在？”

品子狐疑地问道，“您只说让我来这儿，然后就把电话挂断了，所以我还担心出什么事了呢。”

“我和他商量建排练场的事，还请他看了那块地皮。”

“是嘛。”

品子表情爽朗地说道，“所以您才看起来这么有精神呀。我也想去看看。”

“今晚住下，明天一起去看吧。”

“在这儿住吗？”

“原本没打算住的……”

波子支支吾吾地说道，避开了品子的目光，“我一个人回家，感觉太难过了，想着把你叫过来，一起回去……”

“妈妈，您不愿意一个人回家吗？”

品子随口反问了一句，但问过之后却眉头紧锁，眼神也严肃了起来。

“倒不是不愿意，只是心里难过。又觉得不会原谅似的……”

“爸爸不原谅您吗？”

“不，是我自己……”

“啊？您不原谅爸爸吗？”

“可能吧，也或许是自己不原谅自己吧。不过，妈妈也不清楚，是否真的不会原谅……说责备自己，实际上也像是给自己找借口。”

品子若有所思地说道：

“今后您出门来东京的时候，我都会陪您一起回家的。”

“妈妈倒像个小孩子了。”

波子朝品子笑了笑，又说道，“品子。”

“我没想到妈妈您竟然会因为回家感到那么痛苦。”

“品子，我和你爸爸，也许会分手。”

品子点了点头，抑制住了内心的躁动。

“你怎么想？”

“我觉得很难过。不过我之前就早有预料，所以并不太惊讶。”

“妈妈实在不了解你爸爸这个人呀。从一开始就不了解。即使不了解却在一起，这样的日子也该结束了吧。”

“现在了解了，不是也不行吗？”

“不知道啊。和不了解的人在一起，自己也不清不楚了。妈妈和你爸爸那样的人结婚，不知怎么的，就感觉好像和自己的幽灵结了婚似的。”

“我和高男，都是幽灵的孩子？”

“话不能这么说。孩子都是活生生的人的孩子，是神的孩子。你爸爸不是说，如果我的心像现在这般离他远去，那么你和高男的出生就是个错误，对吧？那简直是幽灵才会说的话。对咱们才行不通呢。也许人的一生就是在不断地自我麻痹中度过，但这样下去，妈妈怕是也会变成幽灵呀。不过，虽然说要和你爸爸分手，但那不只是我们两个人的事情，还关系到你和高男呢。”

“我没关系，可是高男他……高男想去夏威夷，要不要等他离开日本之后再……”

“是吗？那就这么办。”

“不过，我是觉得，爸爸恐怕不会对您放手吧。”

“我也一直让你爸爸很痛苦吧。你爸爸和我结婚是遵从了他母亲的意志。我感觉现在你爸爸的意志，就是贯彻你祖母的意志至今。”

“您是因为爱着竹原先生，所以才会这么感觉吧？您说要和爸爸分手，却爱着别人，我作为您女儿也很难受呀。当时爸爸问我，认为妈妈继续和竹原先生保持交往真的好吗，我回答说好，但那是因为爸爸当时的问法太过残酷无情了。高男说他不愿意被这么问，因为他毕竟是个男人呀。”

接着，品子的声音低沉了下去，“虽然竹原先生是个好人……虽然我对此并不意外……但是，让我认同您的这种爱，就像让我进入魔界一样呀。所谓魔界，就是要靠强大的意志才能存活的世界吧。”

“品子……”

“妈妈和竹原先生见面之后，把我叫过来了对吧？对我而言，这就足够了。即便以后和您疏远了，我也会想起今晚您叫我过来的事的。”

品子眼中含泪，她无法开口问母亲和竹原在一起是否依然寂寞，只是问道，“妈妈您为什么叫我来呢？”

波子一时间难以作答。

是为了避免和竹原在一起情难自已，才给品子打的电话吗？

波子不愿与竹原就此道别，也不愿回家，内心充满了难舍难分的欢愉，欢愉之下又藏着悲戚苦楚，她仿佛难以自持。是出于某种无法自持的念头，才把品子叫过来的吗？

如果竹原把波子拥入怀中不放开，波子的脑海里也许就不会浮现出品子的身影了。

“我是想让你陪我一起回家呀。”

波子只是如此答道。

“回家吧。”

她们来到东京站时，横须贺线的电车刚刚开走，于是又等了二十分钟。

母女二人坐在站台的长椅上。

“妈妈您即使和爸爸分开，也不能和竹原先生结婚吧？”

品子说道。

“是啊……”

波子点了点头。

“您和我两个人一起生活，也只有跳舞了吧……”

“是呀。”

“不过，我觉得爸爸不会放手让您离开。高男或许能去成夏威夷，可爸爸说要离开日本，只怕是空想吧。”

波子沉默不语，只是望着对面站台的列车缓缓开动。

列车驶离后，可以从八重洲出口方向看见市区的灯光，品子好像突然想起似的，讲起今天和野津在波子排练场的事。

“我拒绝他了。不过，和野津该跳舞还是跳舞。”

第二天是周日，波子是下午在家里有排练课。

吃过午饭之后，女佣来通报：

“竹原先生前来拜访。”

“竹原君？”

矢木目光严厉地看了波子一眼，“竹原君来做什么？”

接着又对着女佣说道，“告诉他，说太太不想见他。”

“是。”

品子和高男都紧张地屏住了呼吸。

“这样行吧？”

矢木对波子说道，“既然要见，就在外面见，那样不是更自由吗？厚颜无耻地跑到家里来算怎么回事？”

“父亲，我觉得，这不是母亲的自由。”

高男有些结结巴巴地说道。他放在膝间的手在哆嗦，细细的脖颈上突出的喉结在颤动。

“唔。只要你母亲对自己的行为还留有记忆，就不会有自由吧。”

矢木挖苦道。

女佣返回说道：

“竹原先生说不是要见太太，而是要见先生您。”

“见我……”

矢木又看着波子，对女佣说道，“我更不想见他，你去送客。我既没事见他，今天也没约他会面。”

“是。”

“我去跟他说。”

高男麻利地把长发拢起，向玄关走去。

品子将视线从父母身上移开，望向了庭院。

庭院里几乎全是梅树。大多都远离宅子，种在靠山的那边，房檐前只有一两棵。

品子住的别院廊前种有瑞香花，仔细去看能瞧见结出了紧实的蓓蕾。不知那些梅花树怎么样了。

品子仿佛能听到母亲的呼吸，并且胸口一阵压抑，差点儿要喊出声来。她今天本打算外出，身上已经穿好了套装，现在却不知为何下意识地解开了纽扣。

高男脚步声响亮地走了进来。说道：

“他回去了。还说要去学校见父亲，问了您哪几天去上课呢。”

高男说着，盘腿坐了下来。

“他说有什么事了吗？”

矢木问高男。

“不知道。我只是让他回去了。”

波子像是身体被紧紧地绑住了似的一动也不动。随着竹原的脚步声渐行渐远，她感觉矢木的视线越发逼近。昨天刚和竹原见过面，今天他竟然就来了，实在出乎自己的意料。

品子悄悄地看了一眼手表，默默地站起身来。因为之前已做好了出门的准备，她匆匆地离开了家。

电车每隔半小时一班，所以竹原此时一定还在车站。

竹原正低着头，在北镰仓站那长长的站台上走来踱去。

“竹原先生。”

品子站在木栅栏外叫了他一声。

“啊。”

竹原像是吓了一跳，停住了脚步。

“我现在过去。电车还得等一会儿才来……”

品子沿着小路快步向前，竹原也从站台上向轨道对侧的检票口走去。

然而，当品子真站在竹原面前时，她却一言不发，只是满脸通红，身子僵直。

品子手中提着一个袋子，里面装着排练服和芭蕾舞鞋。

竹原猜到了品子应该是有什么事，才追自己来到车站的，但他开口却问道：

“你去东京吗？”

“是的。”

竹原没有看品子，边迈开步子边说道：

“刚才我去你们家了。你应该知道吧。”

“是的。”

“本来是想见你父亲……不过没能见成。”

开往东京方向的电车来了。竹原让品子先上了车，接着在她对面坐下。

“你能代我向你母亲捎句话吗，就说：‘名义果然还是变了’。”

“好的。名义？什么的名义？”

“你只要这样说，你母亲自然明白。”

竹原仅如此交代道。但他似乎又改变了主意，“品子小姐你早晚有一天也会明白的吧，就是你家房产的名义啊。我今天来就是想和你父亲说这些事的。”

“啊？”

“品子，你是站在你母亲这边的吧？无论发生什么事情……你母亲的人生，从现在才刚刚开始啊。就像你的人生也刚刚开始，都是一样的。”

电车到了下一站——大船站。

“我在这儿下，失礼了。”

品子突然站起身来说道。

他们乘坐的这趟电车前脚刚开走，开往伊东方向的湘南电车后脚就驶入了站台。

品子目不转睛地盯着，转身乘了上去。她澎湃的心潮随即平复了下来。

刚才竹原来到门口、父母坐在客厅时那股令人窒息的氛围，品子实在难以承受。

她体会到了母亲的心情，从那份痛楚中几乎要喷出血来。

于是她追着竹原离开了家门，可见到了竹原，令人窘迫的羞耻感却先涌了上来。她虽然想代替母亲传达些什么，却组织不成语言。

自己为何而来？品子实在坐立难安，于是在大船站下了车。

乘上湘南电车也是一念之间，但品子一想到是要去见香山，又自然而然地平静了下来。

列车驶至大矶站附近，有伤残军人正在寻求募捐，品子正恍恍惚惚地听着他那腔调尖刻的演讲时，又听见另一个声音说道：

"诸位，请不要给伤残军人捐款。捐款行为是被禁止的……"

是车厢入口处站着的乘务员。

那名伤残军人停止了演讲，拖着下半身的假肢发出金属的脚步声，从品子旁边走了过去。

白色衣服下露出的一只手，也是金属骨骼的义肢。

品子在伊东站下了电车，乘上了东海巴士的一路公交。抵达下田需要三个多小时，她想，半路上太阳就该落山了。

译后记

川端康成与《舞姬》

川端康成也许是最受中国读者熟知的日本作家之一，他出生于1899年的大阪府，1972年死于煤气自杀，享年72岁，代表作有《雪国》《伊豆的舞女》《古都》等。1968年川端康成成为日本首位诺贝尔文学奖得主，在获奖时发表了题为《美丽的日本与我》[①]的演讲，向世界介绍了日本的生死观与美学意识。

本书《舞姬》在川端文学中并非特别知名之作，看到书名《舞姬》，部分熟悉日本文学的读者可能首先会想到森鸥外的同名小说。《舞姬》原载于1950年12月12日至1951年3

①日文题目为“美しい日本の私”，汉语有多种翻译版本，根据其官方英语翻译：Japan，the Beautiful，and Myself，在此翻译为“美丽的日本与我”。

月31日的《朝日新闻》，是川端康成二战后写的第一部报纸小说。1951年8月17日还上映了同名电影，由成濑巳喜男导演、高峰三枝子主演。

根据《舞姬》（1952年，新潮社）的后记所述，川端最初的意图是以品子作为主人公，波子作为副主人公，在小说的前半段便让品子去见香山，而随着情节发展，在行将搁笔之处才终于将品子带到了伊东车站。如果按照最初的构想，整部作品想必会与现在的大不相同，之所以会以今日之面貌呈现，一方面是由于川端的创作手法，即在不确定故事大纲的情况下追求由联想带来的具象化，另一方面也可以认为，彼时川端的意识与其说在品子的新世界，毋宁说是在波子的旧世界[①]。

书中多次出现“司令部”“战争”“长崎”“阵亡学生”“伤残军人”等字眼，反映了作品创作于二战后的时代背景。据小说连载时的责任编辑泽野久雄所述，因报社编辑部忌惮美国占领军对书刊媒体的检阅，曾让川端对“过于官能”的部分进行改稿，改稿的内容为连载的第29回，对应本书的第三章《夜醒・觉醒》，矢木旅行归来后，夫妻二人就寝的部分。[②]正文中“金环”，初读之下或许不知所言何

①笹淵友一（1980）“‘舞姫’論”“川端康成研究叢書 8”，教育出版センター，pp.75—96。

②沢野久雄（1972）“舞姫誕生”“川端康成点描——この美しい日本の人”，実業之日本社，pp.353—304。

物，其实是波子与矢木行房事之后，波子眼前浮现的幻象。

三岛由纪夫曾为《舞姬》撰写解说[①]。三岛认为《舞姬》通过对无力的人物与崩溃的家庭的描写，展现了战后日本社会的变迁与艺术生活的分裂。川端的独特现实主义在于冷静观察与细腻描写，使作品既具现实感，又充满象征意义。

波子与矢木之间斯特林堡式的恐怖夫妻关系是川端着力描写的核心。对于女主人公波子，三岛认为她像日本能剧中的女主角一样，婉约典雅，充满哀愁。尽管波子的愿望一个接一个地破灭，但她并非像包法利夫人那样燃烧着不满的灵魂，在某种意义上波子更为叛逆、特立独行，懂得将罪视为罪，将悲哀视为悲哀，将绝望视为绝望，并享受其中。而矢木虽似恶魔，却同样无力，作品中的善神、美神或恶魔都被赋予无力感，川端刻意省略了角色从无力感中解脱的场面。波子是放弃舞台梦想的昔日舞姬，品子则是尚未成为芭蕾舞后的未来舞姬。川端并未描写她们通过自我努力提升舞台表现，而是聚焦于她们观看他人舞台的场景。开篇护城河中的白色鲤鱼作为不祥的象征，游弋于全篇，隐喻着人物无法突破现状的命运桎梏。

三岛认为川端的写作态度中蕴含着独特的现实主义："作者用自己的眼睛观察人生，站在一个无论如何只能看

①三島由紀夫（2003）“決定版　三島由紀夫全集第28巻　評論3”新潮社，pp.364—369。

到人生如此面貌的立场上写作，这正应被称为小说的现实主义”。川端的现实主义既不属于浪漫派或心理主义，也不同于传统的自然主义，而是基于川端自身视角的一种冷静观察，其特有的文体看似平淡，底部却坚若磐石，随处可见川端那种“我就是如此看待”的态度，而与此认识无缘的读者则会有“隔靴搔痒”之感。

而三岛认为此种“隔靴搔痒的现实主义”塑造最为成功的登场人物当属于矢木。矢木被三岛痛斥为一个“卑鄙的和平主义者、胆小的非战论者、逃避性的古典爱好家”，他在孩子们面前责难波子的场景如同“古典剧高潮般明晰的悲剧顶点”，矢木一家加速崩溃，其早已埋下了与时代无关的崩溃的种子，而在这悲剧的顶点，各个角色终于正面冲突，形成了一个并非因爱，而是因憎恶结合的典型家庭。

关于本书的主题——“佛界易入，魔界难入”，三岛分析道：被矢木嘲笑为“多愁善感”的波子和品子母女，并非能够进入“魔界”的舞蹈天才；矢木也并非“以坚强意志生存的世界”意义上的“魔界”居民，而是一个无力的“观察恶魔”，出场角色所有的无力感都源于矢木的无力，并处于矢木的诅咒之下。最后品子前去寻找香山的情节暗示了这一诅咒的一角开始松动崩塌。

在解说文的最后，三岛还阐释了他对川端认为的“永恒之美”的理解，即美少年般的事物。本书中短暂出场的美少年——高男的朋友松坂，展现了不祥的妖精之美，其中既有“东洋圣少年”沙羯罗的面影，也有川端另一部作品《山之音》中慈童的能剧面具的影子。

川端康成与“魔界”

“魔界”是川端康成作品中的一个重要意象，最早即出自本书《舞姬》，此后的《湖》（1954）、《睡美人》（1960）、《一只胳膊》（1963）等小说中又进一步加深了“魔界”这一主题。如本书第七章《佛界与魔界》中所述，“佛界易入，魔界难入”原是禅僧一休宗纯的话语。川端康成在诺贝尔奖的获奖演讲中也提及了这句话：

京都紫野的大德寺，曾是一休的栖身之地，如今仍是茶道的圣地，而一休的墨迹也作为茶室中的挂轴而备受珍视。我也收藏了一休的两幅书法作品。其中一幅上写着“一行物”：“佛界易入　魔界难入”。我对这句话深有感触，因此也经常挥毫书写这句话。其中的意义可以有多种解读，若深入思考，则无穷无尽。一休以“佛界易入”后接“魔界难入”之言，其禅意直击我心。艺术家最终追求的是真、善、美，而“魔界难入”所包含的愿望、恐惧与祈祷，无论显现于表，还是隐伏于内，或许都是命运的必然。“无魔界，便无佛界。”而更为困难的，恰恰是进入“魔界”。这并非心志脆弱之人所能企及之事。

自1972年川端康成去世后，有关川端康成“魔界”的研究开始受到瞩目。学界一般认为川端“魔界”思想的生成、文学风貌的改变与战争、战败、文学上的知己相继离世（如横光利一、菊池宽等）息息相关。

森本获是较早正式关注“魔界”的研究者，他认为没有比“魔界”一词更适合来表现战后川端世界的了。森本获（1987）对“魔界”所下的定义为：以冷酷无情的目光更加锐利地注视“恶”与“丑”的世界，同时将其与某种被净化的对立面之间的距离进一步拉开。在这对立与矛盾的两极之间，相互牵引的微妙一点上，试图维系住那岌岌可危的“美”，这正是艺术家如同地狱般的苦难世界所象征的意义。①

原善（1987）认为川端文学中的“魔界”并非仅仅是表面上容易被误认为堕落或邪恶的世界，而是同时具备向堕落倾斜与追求自我净化这两种志向的人物，通过这两种矛盾对立的倾向相互抗衡所支撑的，在美与伦理岌岌可危的平衡之中燃烧的爱欲（Eros）的世界。②

今村润子（1988）认为，川端并未将“魔界”视为单纯的恶与丑，而是将其视为人类赤裸裸的烦恼世界，并认为人在本真姿态中生活时蕴含着纯粹性。川端的独特之处在

①森本穫（1987）“魔界遊行——川端康成の戦後”，林道舍。
②原善（1987）“川端康成の魔界”，有精堂。

于，他直面人类真实的面貌，却并非以现实暴露的自然主义方式，而是试图从美学的角度捕捉人类的本性。川端的“魔界”并非单纯描绘“魔界”中的恶或丑，而是聚焦于生活在烦恼中的人类，以此为主题，深入探讨人类作为人而活着的姿态（过程）。换言之，他试图通过“自我投掷的纯粹性”将“魔界”中人类的生活姿态升华为美[①]。

中国学者李圣杰认为，川端寄托于魔界的意图旨在揭示人类内心深处无底的黑暗、邪恶与欲望，将这些烦恼的本相如实描绘，同时真实地叙述人类的行为与情感。也就是说，川端对“魔界”的观念，其根本在于一种将人类视为烦恼之相的思想。是否能够得到救赎，取决于是否能彻底直视此种“魔界”。正因为如此，才会说“魔界难入”。可以说川端所接受的是作为艺术家必然而严酷的命运[②]。

川端康成的“魔界”是一个充满多义性和美学深度的概念，既象征了人性中难以捉摸的欲望与恐惧，也反映了他对传统美学和现代精神世界的思考。“魔界”不仅是一种文学意象，更是川端对生命、死亡、美与虚无的复杂审视，带领读者穿越现实，触及人性最深处的矛盾与孤独。这种“魔界”的存在，使川端的作品具有一种独特的灵性与永恒的吸引力。

①今村潤子（1988）“川端康成研究”，審美社。

②李聖傑（2013）“川端康成の“魔界”に関する研究—その生成を中心に—”，早稲田大学出版部。

佛界易入　魔界难入①

翻译说明

《舞姬》为公版书，现已有众多优秀中文译本，译者在翻译过程中参考了唐月梅、赵德远、侯为、陈德文、竺祖慈等前辈学者的译作，力求内容准确，文字通顺，语言流畅。

---

①冈山市林原美术馆所藏，图像出处：京都便利堂https：//www.kyotobenrido.com/view/item/000000003869？category_page_id=ct665

《舞姬》成书于20世纪50年代，加之作品蕴含的独特日式美学、文化意象与细腻情感，对于当代中国读者而言，无论是从时间、空间，抑或文化语境上都存在一定隔阂，故翻译过程中，异化的翻译策略比重更大，保留一定的“异质感”，以求传达川端笔下独特的美学与精神意蕴，让读者感知那个年代日本的真实质感与诗意氛围。

内容方面，准确性为第一要义。如本书的重要线索、一休和尚的禅语——佛界易入，魔界难入，其对应的日语原文为“仏界は入り易く、魔界は入り難し”，此前译本多翻译为“入佛界易，入魔界难”，而经译者查证，该挂轴原文为汉文书写（参见上图），故翻译时遵循本来面貌，翻译为“佛界易入，魔界难入”。此外，如本书第二章《母亲的女儿·父亲的儿子》中出现的“沙勿略的右臂”，此前译本中将“右臂”理解为“左膀右臂”，译为沙勿略传人、罗马教廷重要人物等，经查证，“右臂”实乃字面意思。方济各·沙勿略去世后，其右臂也被作为圣物同遗体分离。“沙勿略的右臂”曾于1949年（即沙勿略来日本传教400周年）和1999年（来日传教450周年），从罗马运到日本并在各地展览。

形式方面，文体风格尽量贴近川端康成原文。多采用四字格形式，力求格律轻快。语序在符合汉语阅读习惯下，尽量贴近日语原文语序。如本书开头第一句，译者翻译为“东京的日暮大约是四点半，时值十一月中旬……”，虽然汉语一般会把后半句“时值十一月中旬”放前面，此处刻意遵循日语语序，以反映川端康成的“运镜”，体现其宛如“俳句”一般的意境铺陈。

此外，因原文中大量对话，且日语可以利用句子的简体敬体形态、句尾语气词等，比较容易推测出讲话人是谁，翻译成汉语后则不容易区分。故把说话人主语挪至容易区分的位置，希望能避免分不清哪句话是哪个人说的情况。对话内容尽量以口语形式翻译，力求朗朗上口，出声诵读也不会有违和感。

最后，文中出现大量人名、地名、时代名等专有名词，在正文中解释恐破坏阅读整体感，译者不厌其烦地添加脚注加以说明，希望能对读者理解文章内容有所帮助。

译者于日本大阪求学期间，也曾参观游览过位于大阪府茨木市的川端康成文学馆，但彼时只是游客心态，走马观花拍照打卡，并未认真欣赏每件展品背后的故事，更没想到有朝一日能有机会翻译川端康成的大作。在翻译过程中，虽竭力查证，秉持“‘译’安一个字，捻断数茎须”的态度，但水平有限，译笔稚嫩，谬误之处更是难免，敬请读者批评指正。

杨　驰

二〇二五年新春